Jules LEMAITRE

DE L'ACADÉMIE FRANÇAISE

En Marge

des

Vieux Livres

CONTES

DEUXIÈME SÉRIE

PARIS

SOCIÉTÉ FRANÇAISE D'IMPRIMERIE. ET DE LIBRAIRIE

ANCIENNE LIBRAIRIE LECÈNE, OUDIN ET Cie

15, RUE DE CLUNY, 15

En Marge

des

Vieux Livres

En guise de Préface

Les vieux Livres

Lecture faite à l'Académie française

Messieurs,

L me semble que tous les collectionneurs — à moins que l'objet de
leur manie ne soit décidément
absurde — sont respectables à quelque
degré. Ils combattent et retardent, sur un
point, l'universelle et inévitable destruction.
Ils sauvent et conservent du passé, et du
passé choisi.

Mais j'estime que, parmi eux, celui qui
s'attache aux vieux livres est particulièrement

bien inspiré. Car il ne conserve pas seulement, comme les autres collectionneurs, un objet d'art (c'est ici la reliure qui, si elle est belle, est œuvre de l'esprit autant que de la main): il conserve encore ce qui fut, par la lettre imprimée, l'expression directe de l'esprit. Il lui arrive même, par l'heureuse réunion de ces trois choses: vieille reliure armoriée, texte important, provenance illustre, de posséder et de sauvegarder des fragments d'histoire triplement vivante.

Il y a quelques années, passa dans une vente l'exemplaire, aux armes de Richelieu et annoté par lui, des *Sentiments de l'Académie sur le Cid;* une autre fois, ce fut l'exemplaire d'*Esther* offert par Racine à Mme de Maintenon, avec dédicace autographe. Oh! ne dites pas: « Qu'est-ce que cela nous fait? » Quelle âme bien située et, par conséquent, respectueuse de l'Académie, quelle âme amoureuse de Racine et intéressée par la jolie aventure de Saint-Cyr resterait froide de-

vant ces deux livres, en songeant à qui ils
ont appartenu, par qui ils ont été offerts,
par qui ils ont été feuilletés, et quelle main,
se posant sur leurs pages, conduisit la
plume d'oie dont ils ont entendu le petit
cri et senti l'égratignure, il y a deux cent
soixante-dix et deux cent vingt ans ?

Mais ce sont là joyaux exceptionnels pour
amateurs opulents. Il est des trésors· plus
accessibles et·qui ont encore leur charme :
par exemple, un bon vieux livre classique,
contemporain de l'auteur, en bonne condition, avec de bonnes marges et reliure du
temps, en maroquin s'il se peut. ·

Certes, je ne dis pas de mal des splen-
dides reliures d'aujourd'hui. Elles sont extrêmement ingénieuses. Ce sont parfois de vrais
petits tableaux en mosaïque. On y met des
lis, des iris, des chardons, des profils de
femmes et des têtes de morts. L'exécution est
plus parfaite qu'elle ne fut jamais. Même
quand le décor ne consiste qu'en filets, fers

ou plaques, cela est d'une netteté, d'une
exactitude à laquelle les doreurs de jadis
n'atteignaient point.

Mais, le dirai-je ? une des choses qui me
touchent dans les beaux dessins des antiques
reliures, c'est que jamais ils ne sont d'une
géométrie irréprochable ; toujours quelque
tremblement ou quelque hésitation des lignes
nous rappelle et nous rend présente la main
vivante et mobile de l'ouvrier qui les exécuta.
Joignez que le temps assourdit délicieuse-
ment les ors et qu'il donne aux peaux, surtout aux rouges et aux vertes, des tons d'une
douceur, d'une richesse, d'une somptuosité
à demi éteinte, d'un fondu et, si je puis dire,
d'une onction que nul artifice ne saurait
imiter.

Et ce n'est pas tout : le contenu de ces
vieux livres y semble bien meilleur que dans
une réimpression moderne. Je songe surtout,
ici, à certains textes du second rang, qui
sont curieux, qui ont jadis paru beaux, qui

ont encore leur prix, mais dont la lecture,
dans une édition d'aujourd'hui, est tout de
même un peu laborieuse. Eh bien, lisez-les
dans un volume, sur du papier et dans des
caractères qui leur soient contemporains, la
lecture vous en deviendra facile. Ce sera
comme si l'aspect et le toucher du vieux livre
vous inclinait à l'état d'esprit des ancêtres
pour qui ces moralités et ces histoires furent
écrites. Les locutions aujourd'hui vieillies
vous surprendront moins, et vous entrerez
plus aisément dans le genre d'affectation ou
de pédantisme propre au temps où ce bou-
quin vénérable fut imprimé. J'irai plus loin :
je crois que les grands écrivains eux-mêmes
gagnent à être lus dans une édition de leur
âge.

Que sera-ce dans la première édition, dans
l'édition originale !

Ici, un homme sensé pourra dire : « Je comprends que l'on recherche les vieilles reliures
au même titre que les vieilles assiettes. Avec

les vieilles reliures, d'ailleurs, on fait de très jolis buvards... Mais qu'est-ce qu'une édition originale a de si excitant ? En quoi la première édition d'un ouvrage classique diffère-t-elle de la deuxième et des suivantes, sinon par une date sur le titre ? Et cette différence justifie-t-elle des écarts de prix qui vont communément à quelques centaines d'écus ? »

Ah ! Messieurs, que voilà des propos superficiels ! J'espère pour vous que, si vous aviez entre les mains l'édition originale du *Cid*, d'*Andromaque* ou de l'*École des femmes*, vous sentiriez bien autrement. A coup sûr, vous entreriez en méditation et vous vous diriez :

— Ainsi, les caractères imprimés sur ce papier jauni sont les premiers, — les premiers ! — qui aient traduit aux yeux tel chef-d'œuvre du génie humain. Ils sont les premiers où Corneille, Racine, Molière, aient reconnu leur pensée devenue visible, et détachée d'eux-mêmes. Auparavant, ces œuvres

n'existaient que sur dès feuilles manuscrites
disparues et sous le front de leurs auteurs.
J'en tiens dans mes mains la première expression matérielle, publique et durable. J'assiste,
pour ainsi parler, à leur naissance, qui fut
un moment auguste de l'histoire littéraire.

Ah ! ces vieux feuillets sont pleins de vie...
La veille, on ne les connaissait pas... Un jour,
ils ont paru tout à coup, sous leur modeste et
solide habit de veau ou de vélin, dans la bou-
tique de Barbin, au *Signe de la Croix*, ou de
Ribou, à l'*Image Saint-Louis*, sur le perron
de la Sainte-Chapelle. Tel bourgeois plein de
prud'homie, tel gentilhomme ou telle dame,
— habillés comme on les voit encore aujour-
d'hui dans les pièces du répertoire, — ont
aperçu à l'étalage le volume tout neuf et l'ont
acheté trente sols. Mme de Sévigné peut-être
ou Mme de Lafayette l'a fait demander par
son laquais, ou bien, passant par là, est des-
cendue de sa chaise ou de son carrosse et,
après avoir échangé avec Barbin quelques

phrases obligeantes, elle a acheté elle-même
son exemplaire, — un exemplaire pareil à
celui que je tiens, celui-là même peut-être,
— et, remontée dans sa voiture, elle s'est
mise à le feuilleter, en attendant la fin d'un
de ces embarras de rues décrits par Des-
préaux...

Mais, Messieurs, à une âme véritablement
éprise, l'édition originale vulgaire ne suffit
encore pas. Jadis, vous le savez, l'impression
d'un ouvrage, même de proportions modiques, durait généralement de longs mois. On
n'était pas pressé. Les ouvriers imprimeurs
étaient, pour la plupart, assez ignorants.
En outre, les auteurs n'étaient pas très atten-
tifs à la correction de leurs épreuves, ou
même s'en remettaient à leur libraire.
On tirait d'abord quelques exemplaires.
L'auteur y jetait les yeux, et y découvrait
des fautes, qu'il faisait corriger dans le reste
du tirage.

Vous direz : « Ces exemplaires corrigés

valaient donc mieux, et ce sont ceux-là qu'il
faut avoir. » Et vous répéterez de faciles
railleries sur l'amateur qui achète à prix
d'or, quand il peut le rencontrer, l'exemplaire avant les cartons, « l'exemplaire avec
la faute. »

Messieurs, la manie de cet amateur n'est
peut-être pas si absurde. Il se dit que trouver
et tenir l'exemplaire fautif, qui est vraiment
le premier, c'est faire une petite conquête de
plus sur le passé, c'est se rapprocher encore
un peu de l'heure émouvante où la pensée
de l'auteur s'est exprimée pour la première
fois par des signes typographiques.

Et je ne parle point des cas où des correc-
tions et des suppressions importantes et signi-
ficatives ont été faites en cours de tirage, si
bien que les exemplaires tirés d'abord sont
réellement beaucoup plus intéressants que
les autres, — comme il est arrivé, par exemple,
pour les *Pensées* de Pascal ou pour le *Don
Juan* de Molière. Ici, mon amateur d'exem-

plaires avant les cartons n'a presque plus besoin d'être justifié.

Mais l'homme sensé reprendra : « Ces textes primitifs et complets, vous les trouverez à moins de frais dans quelque édition moderne. Vos plaisirs, en somme, sont plaisirs de pure imagination. »

Assurément ; mais vous m'accorderez qu'ils sont innocents, et qu'ils ont même leur noblesse. Ils impliquent certains sentiments ou certaines dispositions fort louables : respect, curiosité, don de sympathie. Et, si ce sont plaisirs d'imagination, celui qui se les crée est donc, lui aussi, à son rang, un modeste inventeur de voluptés chastes, une manière de poète.

Et enfin, à supposer que sa manie s'amortisse un jour, il ne sera jamais complètement déçu, s'il prend la peine de lire ce qu'il a collectionné. Ces bouquins, qu'il recherchait principalement à cause de leur date ou de leur habit, ce sont des livres dont le texte

vaut par lui-même : et ainsi la collection rare
pourra bien être, par surcroît, la plus sub-
stantielle des bibliothèques.

Je ne veux pas donner dans ce paradoxe
banal, que les derniers venus n'ont rien trouvé
de nouveau, et que tout a été dit depuis qu'il
y a des hommes. Il est toujours vrai que tout
a été dit : mais ce n'est jamais tout à fait
vrai. Il est possible que plusieurs écrivains
du XIXe siècle aient été d'une intelligence
plus souple et plus étendue que les classiques,
et il est possible que certains autres aient eu
une sensibilité plus affinée. Je crois, en tous
cas, qu'ils ont singulièrement développé, en-
richi et nuancé le contenu des livres d'autrefois... Mais il demeure fort probable qu'avec
Corneille, Racine, Molière, La Fontaine,
avec Rabelais, Montaigne, Descartes, Pascal,
Bossuet, La Bruyère, on a déjà toutes les
remarques essentielles sur la nature humaine,
sur l'homme religieux, l'homme politique,
l'homme social. Et il faut avouer que ces

réflexions, ces peintures, même ces lieux com-
muns, ayant rencontré là, pour la première
fois, une expression à peu près parfaite, gar-
dent une fleur, une saveur, une plénitude, une
grâce ou une force qu'on n'a guère retrouvées
depuis. Il n'est donc pas déshonorant de s'en
contenter, et il est, au surplus, délicieux d'y
revenir par le plus long, j'entends après avoir
joui des enrichissements ajoutés par les âges
récents à ce trésor primitif et essentiel.

Et alors c'est une volupté complète de
goûter, dans les dessins et les tons de la
reliure que tant de mains ont maniée et polie,
dans la couleur et le grain du papier, dans la
date du privilège du roi, dans la forme des
caractères typographiques, dans les sentiments ou les pensées que ces caractères
expriment aux yeux, dans le tour même et
l'accent de ces pensées et de ces sentiments,
— et dans tout cela *à la fois*, — le charme
mystérieux du passé.

(Je sais bien que le passé seul existe. Ce

que nous appelons le présent, c'est du
passé plus proche. Mais, naturellement,
c'est du passé un peu lointain que je veux
parler.)

Charme puissant sur les âmes désabusées
et lasses. C'est là qu'on trouve le repos. Il n'y
a d'ailleurs que le passé dont nous puissions
nous former des images un peu précises et
consistantes. Même quand on rêve l'avenir,
c'est avec du passé qu'on le construit comme
on peut. En réalité, l'avenir n'est que ténèbres
et épouvante. Toutes les fois que j'essaye de
me figurer ce que sera le monde dans cent
ans, dans mille ans, j'éprouve un malaise
horrible, une rage de ne pas savoir, un désespoir d'être né trop tôt, une terreur devant l'inconnu. Que si, ne pouvant prévoir l'avenir,
on veut seulement le rêver, l'esprit demeure
impuissant et stérile. Toutes les utopies,
toutes les descriptions d'Arcadies, de Salentes
et d'Eldorados, même les plus récentes,
n'ont rien du tout d'enivrant, tant nous

sommes impropres même à imaginer le bonheur.

Mais rêver dans le passé, — non pas en historien présompteux et pour le repétrir selon les passions et les sottises du présent, — rêver dans le passé pour rien, pour le plaisir, cela est charmant, et cela est aisé. Loin de se dérober, le passé, lui, s'offre à nous de lui-même : car il est notre tout, et c'est de lui que nous sommes faits. Rêver dans le passé, — surtout dans le passé de la France, — c'est réveiller tous les hommes que nous portons en nous, c'est prolonger notre vie en arrière, par delà le berceau ; c'est jouir de sentir à tout notre être des racines si profondes, et d'avoir tant vécu déjà avant de voir la lumière.

N'objectez pas les abominations qui se peuvent rencontrer parmi cette suavité du passé. Elles ont sur celles du présent un avantage, c'est qu'elles ne sont plus. A moins de le vouloir, on ne hait pas dans le passé, puisqu'on est libre de n'y voir que les choses qui furent belles et touchantes, et de les considérer uniquement sous l'aspect où elles l'ont été... (Et c'est pour cela, par exemple, qu'on voit des personnes fort irreligieuses collectionner les tableaux pieux des primitifs, les meubles de sacristie et les objets de sainteté d'autrefois.)

Bref, dans le passé on choisit. Dans le présent on ne choisit pas : on est bien obligé de le subir tout entier et comme il est... Ah ! quel refuge, quel merveilleux *alibi*, à certaines heures, de vivre avec les morts et avec leurs œuvres, — en choisissant les uns et les autres !

Et maintenant, Messieurs, ne me reprochez pas d'être un prophète du passé et, par là, d'énerver vos précieuses vigueurs. Le sentiment que j'exprime n'est pas très contagieux et ne met rien en péril. Soyez tranquilles, il y aura toujours assez d'hommes pour habiter le présent et s'y installer énergiquement et pour s'emparer de l'avenir et en affirmer la magnificence. Et c'est ce qui m'a permis de m'abandonner sans scrupule à cette songerie sur le passé dormant, sur le passé endormeur.

En marge des Évangiles

La Vierge aux Anges

ENDANT les huit jours qu'elle passa dans l'étable de Bethléem, Marie n'eut pas trop à souffrir. Les bergers apportaient des fromages, des fruits, du pain, et du bois pour faire du feu. Leurs femmes et leurs filles s'occupaient de l'enfant et donnaient à Marie les soins que réclament les nouvelles accouchées. Puis les rois mages laissèrent un amoncellement de tapis, d'étoffes précieuses, de joyaux et de vases d'or.

Au bout de la semaine, quand elle put marcher, elle voulut retourner à Nazareth, dans sa maison. Quelques bergers lui proposèrent de l'accompagner, mais elle leur dit :

— Je ne veux pas que vous quittiez pour
nous vos troupeaux et vos champs. Mon fils
nous conduira.

— Mais, dit Joseph, abandonnerons-nous
ici les présents des Mages ?

— Oui, dit Marie, puisque nous ne pouvons
pas les emporter.

— Mais il y en a pour beaucoup d'argent,
dit Joseph.

— Tant mieux, dit Marie

Et elle distribua aux bergers les présents
des rois.

— Mais, reprit Joseph, ne pourrions-nous
en garder une petite partie ?

— Qu'en ferions-nous ? répondit Marie.
Nous avons un meilleur trésor.

Il faisait chaud sur la route. Marie tenait
l'enfant dans ses bras ; Joseph portait un
panier rempli d'un peu de linge et de modestes

provisions. Vers midi, ils s'arrêtèrent, très fatigués, à l'orée d'un bois.

Aussitôt, de derrière les arbres, sortirent de petits anges. C'étaient de jeunes enfants, roses et joufflus ; ils avaient sur le dos des ailerons qui leur permettaient de voleter quand ils voulaient, et qui, le reste du temps, rendaient leur marche facile et légère. Ils étaient adroits et plus vigoureux que ne le faisaient supposer leur âge tendre et leur petite taille.

Ils offrirent aux voyageurs une cruche d'eau fraîche et des fruits qu'ils avaient cueillis on ne sait où.

Quand la sainte famille se remit en chemin, les anges la suivirent. Ils débarrassèrent Joseph de son panier et Joseph les laissa faire. Mais Marie ne voulut pas leur confier l'enfant.

Le soir venu, les anges disposèrent des lits de mousse sous un grand sycomore, et toute la nuit ils veillèrent sur le sommeil de Jésus.

*
* *

Marie rentra donc dans son logis de Nazareth. C'était, dans une ruelle populeuse, une
maison blanche à toit plat, avec une petite
terrasse couverte, où Joseph avait son établi.

Les anges ne les avaient point quittés et
continuaient de se rendre utiles en mille
façons. Quand l'enfant criait, l'un d'eux le
berçait doucement ; d'autres lui faisaient de
la musique sur de petites harpes ; ou bien,
quand il le fallait, ils lui changeaient ses langes
en un tour de main. Le matin, Marie, en se
réveillant, trouvait sa chambre balayée. Après
chaque repas, ils enlevaient rapidement les
plats et les écuelles, couraient les laver à la
fontaine voisine et les reposaient dans le
bahut. Lorsque la Vierge allait au lavoir, ils
s'emparaient du paquet de linge, se le distri-
buaient, tapaient joyeusement sur les toiles
mouillées, les faisaient sécher sur des pierres
et les reportaient à la maison. Et si Marie, en
filant sa quenouille, s'assoupissait par la grosse

chaleur, sans la réveiller ils finissaient son
ouvrage.

Ils n'avaient guère moins d'attention pour
Joseph. Ils lui présentaient ses outils, les
rangeaient après le travail, enlevaient les
copeaux et les vrillons, et tenaient l'atelier
dans un état de propreté irréprochable.

.*.

Mais, trop servie par les anges et n'ayant
presque plus rien à faire, Marie s'ennuya.

Parce qu'elle s'ennuyait, elle pria davantage ; et, tout en priant, elle réfléchissait...

Un matin, en se levant, elle vit les anges
occupés à nettoyer la chambre. Elle leur
arracha le balai et fit mine de les chasser. Ils
déguerpirent. Mais, à midi, après le dîner,
comme ils voulaient desservir la table, elle
donna sur les petits doigts de l'un d'eux une
chiquenaude, qui mit la troupe en fuite. Ils
revinrent peu après. Au moment qu'elle
s'apprêtait à filer, un ange essaya de s'emparer

de son fuseau. Elle brandit le fuseau comme
une arme et poursuivit l'intrus jusque dans
l'atelier de Joseph. Au bout d'une heure,
tandis qu'elle cousait, assise près de l'enfant,
elle avisa deux anges qui, s'étant glissés sous le
berceau, le balançaient sournoisement. Elle
se leva, les mit dehors et referma si vivement
la porte qu'un des anges se trouva pris par
le bout de l'aile. Il poussa un petit cri. Marie
le délivra, mais elle lui dit : — Tant pis pour
toi. Cela t'apprendra à te mêler de ce qui ne
te regarde pas. Préviens tes camarades, et que
je ne vous revoie plus !

— Mais, dit Joseph, pourquoi chasses-tu
ces petits bonshommes ? Ils nous rendent
pourtant de grands services.

— C'est justement pour cela, répondit
Marie.

— Je ne comprends pas, reprit Joseph.
Puisque ton fils est le Messie, il est tout simple

qu'il soit servi par les anges et que sa mère
en profite.

— Oh ! dit Marie, voilà des propos sans
délicatesse. Ne sais-tu pas que le Messie est
venu au monde pour souffrir avec les hommes
et, d'abord, pour endurer tous les maux
naturels aux petits enfants ? Et certes, ces
souffrances, je dois les adoucir autant qu'il
est en moi, puisque je suis sa mère. Mais je
ne veux pas que d'autres que moi se chargent
de cette besogne. Est-ce que les autres mères
ne soignent pas elles-mêmes leurs petits ?
Quelle lâche créature serais-je, si je renonçais
à ma part de labeurs maternels ? D'ailleurs,
j'en suis sûre, mon petit enfant aime mieux
être soigné par moi que par ces marmots
ailés. Et je sais que je m'associerai davantage
à sa volonté rédemptrice en peinant comme
les autres femmes et en acceptant toute la condition humaine. Oui, je veux toute seule
emmailloter mon fils, toute seule le bercer
et l'endormir, et toute seule aussi faire

mon ménage, toute seule filer ma quenouille
et aller toute seule au lavoir... Et, comme ces
petits travaux me sont presque tous une joie,
je n'y ai sans doute pas grand mérite : mais
pourtant je serais coupable si je supportais
que des anges les fissent à ma place... Com-
prends-tu ?

— Je crois que oui, ma chère fille... Mais
alors il va falloir que je renonce, moi aussi,
aux petits services que les anges me
rendaient ?

— Evidemment, mon ami.

— J'avais cependant cru que, d'être l'époux
de la mère du Messie, cela me donnait droit
à quelques petits avantages. Mais tu dois
avoir raison : car tu es plus intelligente et
plus savante que moi, bien que tu n'aies que
quinze ans, et que j'aie passé la soixantaine.

Or, la nuit suivante, comme l'enfant Jésus
criait et ne voulait pas s'endormir, tout à coup

on entendit dans la rue une mélodie légère et d'une extrême douceur.

Marie ouvrit la porte et aperçut, au clair de lune, rangés contre le mur de la maison, les anges qui faisaient de la musique avec leurs petite harpes.

— Encore vous ? leur dit-elle. Et si mon fils ne veut pas dormir ? Et s'il lui plaît de crier et de souffrir de ses dents ?... Et puis, ne suis-je pas là, moi, sa mère ?... Allez-vous-en, ou je me fâche !

Le lendemain, ils ne reparurent pas de toute la journée. Mais, le matin d'après, Marie les vit tous dans la cour, groupés sous le figuier, timides, honteux, et qui pleuraient en silence.

— Mes petits anges, leur dit-elle, je vous parais sévère parce que vous êtes trop petits pour comprendre. Mais écoutez ! La vieille Séphora, qui demeure en face, est paralytique. Un peu plus loin, c'est la bonne Rachel, qui a douze enfants, et qui a bien du mal à les élever. Et vous trouverez à Nazareth

beaucoup d'autres pauvres femmes. Eh bien,
c'est elles qu'il faut aider à faire leur ménage,
à laver leur linge, à soigner leurs enfants...
Puisque vous voulez plaire à mon fils, c'est
par là que vous y réussirez le mieux.

Et, voyant leurs petits nez plissés par le
chagrin, elle ajouta :

— Quand il sera plus grand, je vous per-
mettrai peut-être de jouer avec lui... Mais
faites d'abord ce que je viens de vous dire.

.*.

Et, cette année-là, toutes les pauvres
femmes et les malades de Nazareth furent
aidés et tous les petits enfants bercés par des
serviteurs invisibles (car, seuls, Marie et
Joseph voyaient les anges); et les nourrissons
ne crièrent plus, à l'exception de l'enfant
Jésus qui voulait souffrir pour eux.

L'Enfant Jésus
et le bon maçon

Conte de Noël

ONSIEUR Durand, marchand de nou-
veautés, était un bourgeois considéré
dans sa petite ville.

Il avait une bonne femme et deux gentils
enfants : Lili et Zézé.

Conseiller municipal, aspirant en secret
au conseil d'arrondissement, il s'était fait
affilier à la Loge. Mais il le dissimulait avec
soin, à cause de sa clientèle.

Certes, il était ennemi de la superstition.
Mais il tenait beaucoup à avoir la paix dans
son ménage : il laissait donc sa femme aller
à l'église, et lui avait abandonné l'éducation
des deux petits jusqu'à leur première communion.

— Quand ils auront l'âge, disait-il, je leur
referai une éducation basée sur les principes
scientifiques.

．•．

C'était la veille de Noël. Comme les autres
années, Lili et Zézé disposèrent dans leur
chambre, sur le marbre de la commode, une
fort belle « crèche » : l'enfant Jésus en cire
et, tout autour, la Vierge, saint Joseph, l'âne,
le bœuf et quelques bergers, et des fleurs
dans des vases, et même deux bougies roses.

M. Durand était au magasin ; Mme Durand
allait sortir pour quelques emplettes.

— Oh ! maman, supplia Lili, donne-moi

des rubans et des bouts, d'étoffe pour faire la
crèche encore plus belle et pour mieux ha-
biller les personnages!

— Tu trouveras cela, répondit Mme Durand, au bas de l'armoire, à gauche. Ne
dérange pas le linge, et soyez sages tous les
deux.

Lili trouva, à l'endroit indiqué, une provision de rubans et de rognures qui lui semblèrent médiocres.

Alors elle poussa plus loin ses recherches,
et elle finit par ramener, de derrière une
pile de draps, deux objets singuliers et somp-
tueux qui la firent crier d'admiration.

C'était une écharpe et une sorte de petit
tablier en soie bleue, brodés de dessins en or,
qui représentaient un œil dans un triangle,
un temple à colonnes, des serpents, des bran-
ches d'acacia et des têtes de mort sur des
tibias en sautoir. Apparemment, M. Durand
était un des hauts dignitaires de la Loge.
Chevalier du Serpent d'airain? qui sait?

— Joli ! dit Zézé.

— Cela ressemble, dit gravement Lili, à des ornements sacerdotaux.

Elle étendit sous l'enfant Jésus le tablier de soie ; comme l'écharpe était longue, elle la coupa en deux avec des ciseaux, et de chaque morceau affubla, comme d'une étole, la Vierge et saint Joseph ; elle noua de simples rubans aux cous de l'âne, du bœuf et des bergers ; puis elle contempla son œuvre avec une extrême satisfaction.

Lorsque Mme Durand fut de retour :

— Oh ! maman, dit Lili, vois ce que nous avons trouvé dans l'armoire !

Mme Durand reconnut les insignes maçonniques de M. Durand, sourit, réfléchit une minute, et dit aux enfants :

— C'est magnifique, en effet... Jamais vous n'avez eu une si belle crèche... Mais surtout, mes chéris, n'en parlez pas ce soir à votre père... Gardez-lui la surprise pour demain matin.

.*.

Après dîner, M. Durand dit à sa femme :

— Ma bonne, j'ai rendez-vous au café du Commerce... avec des clients... Une affaire importante.

— Ta manille, sans doute ?

M. Durand haussa les épaules.

En réalité, il y avait, ce soir-là, à la Loge, une réunion solennelle. Un nouveau frère devait subir les épreuves de l'initiation. Tous les « maîtres » y assisteraient, et en grand costume. M. Durand tenait beaucoup à ne pas manquer une si belle cérémonie.

Il passa dans sa chambre, ouvrit l'armoire, chercha longtemps... Très agité, il visita tous les placards de la maison, le bahut de l'antichambre, la petite bibliothèque du salon, et jusqu'aux tiroirs du buffet de la salle à manger. Mais, par une volonté d'en haut, il ne songea pas à entrer dans la chambre de Lili et de Zézé.

— Que cherches-tu ? dit Mme Durand d'une voix douce.

— Cela ne te regarde pas, répondit M. Durand.

Il recommença ses recherches, méthodiquement cette fois, mais sans plus de succès. Puis il s'énerva, mit l'armoire au pillage, démolit les blanches piles de linge parfumées de lavande, et les refit à coups de poing.

Cependant l'heure avançait. On venait de mettre les enfants au lit. Mme Durand brodait sous la lampe, avec un sourire angélique.

— Alors, demanda M. Durand, tu ne sais pas ce que c'est devenu ?

— Quoi, mon ami ?

— Rien... des affaires à moi.

— Tu sais bien, mon ami, que je n'y touche jamais.

M. Durand, découragé, finit par se coucher en bougonnant.

.•.

Le lendemain, jour de Noël, dans la mati-
née, M. Durand, qui était de loisir, entra
dans la chambre des enfants.

Devant la commode, où rayonnait la crèche
entre les deux bougies allumées, Lili et Zézé
étaient à genoux, les mains jointes, et
Mme Durand les aidait à réciter leur prière :

— Mon Dieu... donnez la santé... à papa...
à maman ..

Mais ces vœux obligeants bégayés par des
lèvres innocentes touchèrent peu le Chevalier
du Serpent d'airain. Il avait, du premier coup
d'œil, découvert sous le Jésus de cire et sur
les épaules de Marie et de Joseph les insignes
qui faisaient son orgueil. Il devint tout pâle
et cria :

— C'est stupide !

Et, se tournant vers sa femme :

— C'est toi qui leur as donné ces... ces...

— Cés quoi, mon ami ?

— Enfin... ces objets ?

— Non, mon ami. C'est Lili qui les déníchés dans l'armoire.

— Et tu lui as permis ?...

— Je n'ai pas eu à lui permettre, mon ar J'étais sortie à ce moment-là.

— Mais tu pouvais les lui reprendre.

— Je n'en ai pas eu le courage, mon an L'enfant était si contente !

— C'est stupide ! répéta M. Durand.

— Quoi donc, papa ? demanda Lili.

— Explique-leur, mon ami, dit Mme D rand d'une voix de plus en plus douce.

Mais M. Durand ne daigna pas r pondre.

— C'est donc moi qui leur expliquer reprit Mme Durand. Ecoute, Lili. Tu m quelquefois demandé pourquoi ton pè n'allait pas à l'église... Eh bien ! c'est qu va à la sienne .. l'église des hommes... Et y met tous ces beaux ornements.

— Tu arranges cela ! interrompit M. Durand.

— Que veux-tu que je lui dise ?... D'ailleurs, mon ami, tu m'as souvent affirmé que toutes les religions se valaient... Ce n'est pas du tout mon opinion ; mais enfin tu l'as dit... Eh bien ! tu as ta religion et nous avons la nôtre...

— Pardon ! moi, je n'en ai pas.

— Es-tu sûr ?

— Et puis... assez de paroles inutiles, n'est-ce pas ? conclut M. Durand.

Et il fit le geste d'enlever brusquement de la crèche le tablier et l'écharpe.

— Oh ! papa, dit Lili, laisse-nous les belles affaires !

Et, avec une petite moue qu'elle savait irrésistible, elle s'accrochait aux jambes de M. Durand.

— Non ! non ! non !... Ta mère te souffre tous tes caprices. Mais cette fois, vraiment, cela passe les bornes !

Il paraissait très en colère. Lili fondit en larmes, et Zézé l'imita aussitôt.

M. Durand, bon maçon, mais père faible, ne put soutenir cette vue, et se mit à consoler les deux enfants.

Mais, tout à coup, pris de terreur :

— Au moins, dit-il à sa femme, Lili ne montrera pas sa crèche à ses petites amies et ne bavardera pas?... Parce que, tu comprends, si une pareille chose se savait, je ne tarderais pas à avoir ma fiche.

— N'aie donc pas peur. Lili ne dira rien.

— Oh! non, papa.

— Alors...

— Oh! papa, que tu es gentil! dit Lili, en se jetant dans les bras de son père.

— Après tout, monologua M. Durand, si ma tolérance est excessive, elle n'est point absurde... Ce Jésus fut un penseur de mérite pour son temps... Il haïssait les prêtres... Il prêchait, comme nous, la liberté, l'égalité, la fraternité...

Et M. Durand continua sur ce ton, pendant
que Mᵐᵉ Durand, souriante toujours, pei-
gnait Lili, et que Zézé, assis par terre, cons-
truisait une vague forteresse avec des petits
cubes de sapin.

— Papa ! dit subitement Lili à travers ses
boucles, je suis sûre que l'enfant Jésus te
bénira

* * *

Lili, comme vous l'allez voir, ne se trom-
pait point.

Le lendemain, à l'heure de l'apéritif, le
café du Commerce fut beaucoup plus animé
qu'à l'ordinaire. Les habitués se passaient de
main en main une photographie qui devait être
fort comique, car ceux qui y jetaient les yeux
étaient immédiatement secoués d'un bon rire.
« ... Tiens ! un tel !... Il en est donc ?... Ah !
le cachottier !... Et celui-là, qui a l'air d'un
curé... Tu ne le reconnais pas ?... Ah ! les

farceurs !... » Et, de tous les coins du café,
d'autres curieux s'en venaient regarder le
joyeux document par-dessus les épaules des
premiers. Seuls, quelques consommateurs, la
mine inquiète, feignaient de s'absorber dans
leur manille aux enchères ou dans la lecture
de leur journal.

Je vous dirai, sans plus tarder, que cette
photographie représentait tous ces messieurs
de la Loge ornés de leurs tabliers et de leurs
écharpes, brandissant des épées de fer-blanc,
bizarres, graves, ridicules.

L' « instantané » avait été pris à la « tenue »
de l'avant-veille, je ne sais comment, par
quelque loustic embusqué ou quelque faux
frère : ce point ne sera sans doute jamais
éclairci.

M. Durand, qui jouait à l'écarté son ver-
mout-grenadine, constata, avec un grand
soulagement, qu'il ne figurait pas dans le
groupe photographié.

Quand il rentra chez lui, sa femme lui

sauta au cou, puis lui mit sous le nez l'image
révélatrice : car il en courait déjà des exemplaires dans toute la ville.

— Ah ! mon ami, dit-elle, quelle chance
que tu n'y figures pas !... Et à qui la dois-tu,
cette chance ? à qui ? Sans la crèche et l'enfant Jésus, Lili n'aurait pas fouillé dans l'armoire ; elle n'y aurait pas trouvé tes insignes,
et tu aurais été à la Loge rejoindre les camarades... Si tout le monde ne se fiche pas de
toi à l'heure qu'il est, c'est donc bien à l'enfant Jésus que tu le dois... Ose dire que ce
n'est pas à lui !...

— Tu vas un peu loin, répondit M. Durand,
content tout de même.

En marge du Ramayana

Deux Saintetés

DIPTYQUE

I

UN SAINT

LE roi Visvamitra avait au cœur un grand désir de puissance.

Comme il parcourait la terre, suivi de son armée, il arriva à l'ermitage du brahme Vacichta.

L'ascète traita le roi avec honneur. Il lui offrit respectueusement des racines, des fruits et de l'eau pure. Mais, tandis qu'ils échangeaient des propos pieux, Vacichta eut cette idée que Visvamitra se croyait sans doute

beaucoup plus puissant qu'un brahme. Alors,
pour rabattre son orgueil :

— Roi, lui dit-il, j'ai envie de t'offrir un
grand banquet, à toi et à ton armée.

Là-dessus il appela Sabalâ, la vache blanche
dont la mamelle donne, à celui qui la trait,
toutes les choses qu'il désire.

Et toute l'armée de Visvamitra fut pleine-
ment satisfaite, s'étant rassasiée des nourri-
tures les plus fines.

Visvamitra s'émerveillait :

— Saint homme, dit-il au brahme, donne-
moi Sabalâ en échange de cent mille vaches.

— Roi, répondit Vacichta, ni pour cent
milliers, ni pour un milliard de vaches, ni
pour des montagnes d'or, je ne te donnerai
Sabalâ.

Alors le roi fit enlever de force la vache
blanche. Elle s'échappa et revint à l'ermitage. Et sa mamelle, traite par le brahme,
produisit une armée qui anéantit celle de
Visvamitra.

*
* *

Visvamitra réfléchit. Il comprit que la
suprême puissance ne s'acquiert que par la
perfection, qui est la victoire sur les sens.

Après avoir mis un de ses fils à la tête de
son empire, il se retira dans la solitude et
s'astreignit à la plus rude pénitence.

Quand il se crut assez parfait, il pria
Brahma de lui confier l'arc Véga, l'arme des
dieux ; et Brahma y consentit.

Muni de l'arc merveilleux, Visvamitra
retourna à l'ermitage de Vacichta et décocha
une flèche contre le saint homme. Mais l'ascète n'eut qu'à lever son bâton brahmanique,
et la flèche divine retomba sans vertu.

*
* *

Visvamitra se dit : « C'est que je ne suis
pas encore assez saint. Je ne suis toujours
qu'un ksatrya. La force du ksatrya est une

chimère. La force du brahme est seule réelle. Je serai brahme, et j'arriverai, moi aussi, à l'union parfaite avec Dieu. »

Il s'enfonça dans la forêt des mortifications et se macéra d'une manière excellente.

Après mille ans de ce régime, l'aïeul des mondes, Brahma, lui apparut et lui dit :

— Mon fils, tu t'es élevé jusqu'au rang des rois très saints. Ta pénitence t'a mérité le titre de *richi*.

Mais Visvamitra accueillit froidement cette nouvelle.

— Brahma, songea-t-il, ne m'a appelé que roi saint. Cela ne me suffit pas encore.

Il continua sa pénitence,

Mais, un jour, une Apsara vint dans son ermitage. Elle était belle et à demi nue. Elle dit à Visvamitra :

— Je suis venue ici parce que je t'aime.

Il la prit par la main... Dix années se pas-

sèrent ; et l'ascète, à qui cette nymphe avait
dérobé son âme et sa science, ne compta ces
dix ans que pour un seul jour.

Puis, s'étant aperçu de son changement, et
irrité contre lui seul, il congédia l'Apsara
avec des paroles affectueuses.

Il reprit ses saints exercices, les bras levés
en l'air, se tenant sur un seul pied, immobile
comme un tronc d'arbre, brûlé par le soleil
ou noyé par la pluie, et n'ayant pour aliments
que les vents du ciel.

Sa pénitence fut si haute que les dieux en
furent effrayés. Ils lui dépêchèrent une nouvelle
Apsara, encore plus belle que la première.
Mais, cette fois, il se méfia.

— Toi qui veux me tenter, cria-t-il, change-
toi en rocher et reste enchaînée dans ce bois
des mortifications.

Mais à peine l'eut-il métamorphosée en un
roc stérile qu'il fut saisi d'une poignante douleur ; car il s'aperçut qu'il venait de céder à
un mouvement de colère.

— Je n'ai pas encore vaincu mes sens,
murmura-t-il.

Il reprit le cours de sa pénitence, et
demeura silencieux et immobile pendant
mille ans.

*
* *

Quand les dieux virent l'anachorète sans
colère, sans amour, l'âme absolument tranquille, toute proche enfin de la perfection
suprême, ils s'en vinrent au palais de Brahma.

— Que ce saint, dirent-ils, obtienne le
don qu'il désire, avant qu'il lui vienne en
pensée de conquérir le royaume du ciel.

Et tous les chœurs des Immortels, Brahma
en tête, se rendirent à l'ermitage de Visvamitra et lui adressèrent ces paroles :

— Richi-brahme, cesse ces macérations
triomphantes, car voici que tu as mérité le
brahmarshitvat.

Et Visvamitra élevé au rang de brahme, parcourut la terre d'une âme juste et parfaite.

II

UNE SAINTE

Bertile naquit de pauvres paysans.

Elle n'était pas très jolie, mais elle avait une bonne petite figure et des yeux si doux qu'on ne pouvait la regarder sans l'aimer.

Elle fut une petite fille sage et obéissante, et qui aidait sa mère de son mieux dans les travaux du ménage.

Elle aimait extrêmement les fleurs et les bêtes. Les oiseaux, dans le jardin, venaient se poser sur sa tête, sur ses épaules et sur ses doigts. Quand elle trayait la vache dans l'étable, la vache, avec un meuglement tendre, se retournait et essayait de la lécher.

Bertile aimait tout le monde, mais particulièrement les pauvres et les souffrants. Elle
donnait son pain aux mendiants qui passaient, et; dans les maisons où il y avait des
malades, elle allait les servir selon ses forces.

Aussitôt qu'elle fut en âge de comprendre
ce que c'est que le Christ et la rédemption,
elle aima Jésus par-dessus tout, parce qu'il
avait aimé les hommes jusqu'à la mort ; mais
elle aima de plus en plus les hommes parce
qu'ils étaient aimés de Jésus : et elle ignorait
elle-même si sa charité lui venait de sa piété,
ou sa piété de sa charité.

Dans les champs et sur les talus des chemins, où elle menait paître sa vache et sa
chèvre, elle priait tout le long du jour. Et
sans doute cette petite bergère avait plus
d'imagination et de sensibilité qu'un grand
peintre ou un grand poète : car les choses
auxquelles elle songeait, la misère des hommes, la vie de Jésus et les scènes de sa Pas-
sion lui apparaissaient dans un tel détail, et

si précis, qu'elle ne cessait presque pas de
s'émouvoir et de pleurer.

*_**

Quand elle devint nubile, elle ne s'en
aperçut point. Et, parce qu'elle aimait Jésus
et tous les hommes en lui, jamais elle ne fut
tentée d'aimer un homme d'amour.

Un jour qu'elle ramassait du bois dans la
forêt, elle rencontra un seigneur qui essaya
d'abord de la séduire par de douces paroles,
puis voulut la prendre de force. Mais il fut
soudain frappé de paralysie ; et il ne recouvra
le mouvement qu'après que Bertile eut prié
pour lui et qu'il se fut repenti tout haut de
son mauvais dessein.

Bertile était une paysanne active et dure à
l'ouvrage, entendue à tous les travaux des
champs. Mais elle communiait tous les matins avec larmes. Elle passait tous ses diman-
ches à l'église. Elle donnait aux autres tout
ce qu'elle avait. Elle était indifférente au goût

de la nourriture et de la boisson. Si le seigneur du lieu avait commis un acte trop injuste, elle allait le lui reprocher au nom de Jésus, et quelquefois elle obtenait justice ; d'autres fois, elle était battue et chassée par les gens d'armes, mais elle ne se plaignait pas.

Un jour, un roi barbare arriva dans le pays à la tête de son armée. Bertile alla à sa rencontre et lui dit : « Roi, les habitants de ce village ne sont que de pauvres gens. Je t'adjure, par Notre-Seigneur, de ne leur point faire de tort. Mais il y a, à dix lieues d'ici, un pays désert et qui serait très fertile s'il était cultivé. Va t'y établir avec tes soldats. »

Le roi barbare l'écouta avec étonnement. Il la trouva si singulière qu'il crut ce qu'elle lui disait. Et il découvrit en effet, dix lieues plus loin, un territoire qui n'était composé auparavant que de landes stériles, mais qui se révéla tout à coup merveilleusement fécond et riche, par la volonté de Dieu et selon la parole de sa servante.

*
* *

Cependant le désir croissait en Bertile de souffrir avec Jésus, d'abord pour l'amour de lui et pour la joie de souffrir comme lui, mais aussi pour l'amour des hommes et dans la pensée d'expier et de mériter pour eux.

C'est pourquoi, lorsqu'elle atteignit sa dix-huitième année, des stigmates sanglants et douloureux fleurirent dans ses mains, sur ses pieds, à son flanc et autour de son front. Et, tous les vendredis, ces plaies saignaient davantage et la brûlaient plus cruellement. Et, à cause de cela, une ivresse divine illuminait son visage.

Elle réunit autour d'elle des veuves et des jeunes filles et les instruisit à soigner les enfants, les infirmes et les vieillards. Et souvent elle guérissait les malades par l'attouchement de ses mains.

Elle mourut à vingt ans, ayant, par l'amour divin et par la douleur volontaire, lutté contre

la douleur des autres hommes et, pour sa
part, racheté le monde autant qu'il peut
être donné à une créature.

Et ses membres de paysanne habituée aux
plus grossiers travaux, ses pieds durcis dans
les chemins à la recherche des œuvres de
miséricorde, ses mains promenées dans toutes
les sanies de la misère humaine, tout son
corps desséché, où il ne restait de beau que
les yeux et le pli de la bouche, demeura incor-
ruptible et répandit un parfum plus suave
que celui des lis et des roses.

En marge de l'«Énéide»

Dans le cheval de bois

UISQUE vous le désirez, dit Ulysse au roi Alcinoüs, je vais vous raconter une autre histoire.

Nous assiégions Troie depuis dix ans et nous désespérions de la prendre, quand la chaste Pallas nous inspira un artifice. Nous construisimes un grand cheval de bois et nous répandîmes le bruit que nous offrions ce cheval à Pallas pour qu'elle protégeât notre retour dans nos foyers.

Ce colosse était l'œuvre de l'ingénieux Epéus. Il avait environ cinquante pieds de long et douze de large, et son ventre était élevé de vingt-cinq pieds au-dessus du sol. Il avait une grande bouche béante, pour que les hommes enfermés dans ses flancs pussent respirer et voir un peu. Et, pour qu'il fût plus beau, Epéus lui avait fait des dents d'argent et des yeux de pierres précieuses.

L'intérieur était commodément aménagé. Il y avait des banquettes pour s'asseoir et des crochets pour suspendre les armes et les vêtements. Une trappe était pratiquée dans le ventre du monstre; et dans l'armature de ses côtes, artistement recourbées, se dissimulaient des trous par où l'on pouvait regarder ce qui se passait au dehors.

Le sort m'ayant désigné avec Ménélas, Thermandre, Sthénélus, Thoas, Acamas, Pyrrhus, Epéus et Machaon, nous nous engouffrons, par la trappe, dans le ventre du colosse. Nous emportions des couvertures, des outres de vin et une provision de pain et de viande salée.

En même temps, l'armée des Grecs, après avoir brûlé ses tentes, monta sur les nefs, quitta le rivage troyen, et fut se cacher derrière l'île de Ténédos.

Seul, le cheval géant se dressait sur la plage déserte, sous le soleil ardent. Nous nous taisions, pleins d'angoisse, car nous ne savions pas ce qu'il adviendrait de nous. ni si nous sortirions de notre creuse embuscade pour la victoire ou pour la mort.

Le temps, d'abord, nous sembla long :

— Si encore, dit Pyrrhus, nous pouvions jouer aux dés ! Mais il ne fait pas assez clair dans cette caverne pour compter les points.

La chaleur devenait insupportable :

— Buvons, dit Acamas, puisque nous avons du vin.

— Tu es fou, lui répondis-je ; nous avons besoin de toute notre tête.

Enfin, nous ouïmes un grand murmure confus. Par les trous de l'armature, nous vîmes les Troyens qui se répandaient joyeuse-

ment sur le rivage et qui venaient visiter le
camp des Grecs. A la vue du cheval, ce furent
des cris d'étonnement. Thyrnète, un de leurs
chefs, conseilla aux Troyens d'introduire dans
leurs murs ce merveilleux ouvrage dédié à
Pallas. Mais Capys, plus prudent, voulait
qu'on détruisît ce monstre suspect. Le prêtre
Laocoon appuya cet avis, et même il lança
contre le colosse un javelot qui traversa la paroi d'érable, et dont la pointe piqua l'épaule
d'un de mes compagnons.

— Le maudit prêtre ! fis-je à mi-voix.

— Nous sommes perdus, dit Ménélas.

— Que fait donc Sinon ? dit Sthénélus.
Est-ce qu'il nous trahirait ?

Et silencieusement chacun de nous tira du
fourreau son épée ou serra sa lance dans son
poing.

Mais, à ce moment, des cavaliers troyens
ramenèrent un homme qu'ils venaient de surprendre caché dans des broussailles. C'était
Sinon, notre compère. Il joua très bien son

rôle. Il pleurait, se traînait sur les genoux, se déchirait le visage avec les ongles. Nous l'entendîmes raconter qu'il nous haïssait ; que nous l'avions désigné comme victime expiatoire, afin d'obtenir des dieux un heureux retour, mais qu'il avait pu nous échapper ; que, d'autre part, Pallas étant irritée contre nous à cause de l'enlèvement du Palladium, nous lui avions offert, pour l'apaiser, cette ingénieuse effigie d'un cheval géant. « Chers Troyens, ajouta-t-il, si vous profanez ce don fait à Pallas, les plus grands malheurs vous attendent ; mais, si le colosse était introduit dans votre ville, l'Asie entière se lèverait avec vous contre la Grèce. Ainsi l'a déclaré l'oracle d'Apollon. »

Les Troyens hésitaient encore. Nous observions, par les petites lucarnes, les mouvements incertains de la foule, et je songeais : « Jamais cela ne prendra ! C'est vraiment trop gros. » Et je me souvenais de Pénélope assise à son rouet et de mon petit Télémaque

jouant dans la cour de ma maison, et je me
préparais à mourir.

Laocoon, cependant, ne cessait de crier aux
Troyens : « Peuple, on te trompe ! » et, du
fond de notre prison, nous accablions ce
bavard de malédictions muettes.

Mais voilà que deux serpents, venus de
Ténédos, déroulent leurs anneaux sur la mer
et, de front, s'avancent vers le rivage. Ils
dressent une crête sanglante ; leur croupe se
recourbe en replis tortueux, et dans leur
gueule vibre un triple dard. Tout fuit devant
eux. Ils vont droit à Laocoon, étreignent d'une
double ceinture ses jambes, ses bras, son
torse et son cou, et le dominent encore de
leur tête sifflante. Il veut, avec ses mains,
écarter leurs nœuds et hurle désespérément
vers le ciel. Mais bientôt il se tait... Et,
tranquilles, les deux serpents, côte à côte,
regagnent la mer.

— Parfait ! dit auprès de moi Machaon. Le
prêtre ne l'a pas volé !

— Boirons-nous ? dit Acamas.

— Pas encore, répondis-je.

Mais les Troyens n'hésitent plus. Ils crient que Laocoon a été puni pour avoir lancé un javelot contre le cheval sacré, et qu'il faut conduire le colosse dans la citadelle où sont gardées les images des dieux, et apaiser par des prières la rancune de Pallas.

— Ça y est ! me dit Thermandre.

Et je réponds :

— Les dieux rendent fous ceux qu'ils veulent perdre.

Les Troyens, en effet, préparent leur ruine avec une surprenante activité. Les uns abattent un pan de leurs murailles pour livrer passage au cheval. D'autres attachent des câbles à son cou. Des charpentiers et des forgerons soulèvent, par le moyen de leviers, les quatre pieds du monstre, et adaptent à chaque pied un essieu qui traverse une roue mobile en cœur de chêne.

Tout cela ne se fait point sans déranger

notre équilibre, et c'est pourquoi je dis tout bas à mes compagnons :

— Enveloppons nos armes dans des couvertures, de peur que le cliquetis du fer ne nous trahisse.

La foule tire sur les câbles. La machine s'ébranle et roule. Des enfants et des vierges l'escortent avec des danses et des chansons.

— Tout va bien, dit Acamas. Buvons !

— A la santé des belles filles de Troie, ajoute le jeune Pyrrhus.

Je permis d'ouvrir une des outres ; et nous nous la passâmes de main en main. Mais Acamas y puisa plus abondamment que mes autres compagnons, car il aimait le vin avec excès et ne savait pas commander à son désir.

Cependant nous roulions vers la ville, secoués parfois de si forts cahots que nous étions jetés les uns contre les autres. Mais nous nous relevions en contenant nos rires.

Le cheval franchit l'enceinte. Les Troyens l'installèrent dans la citadelle, devant le temple de Pallas, et nous firent enfin le plaisir de nous quitter. Ils s'en allèrent dans la ville, pour célébrer par des fêtes et des repas l'entrée du cheval, ne se doutant point qu'ils célébraient ainsi leur propre mort.

La nuit tombait. Il faisait noir dans notre caverne aérienne. Mais nous nous réjouissions en songeant qu'à cette heure même les Grecs quittaient Ténédos et, sur leurs vaisseaux, gagnaient le rivage de Troie.

La solitude était complète autour de nous. Mais les bruits de la ville nous arrivaient toujours, et nous n'osions encore sortir de notre retraite.

Nous dînâmes à tâtons. Acamas profita sans doute de l'obscurité pour boire outre mesure, car, tout à coup, il se mit à parler bruyamment, puis entonna à tue-tête des refrains bachiques.

Nous tremblions tous que quelque Troyen,

errant dans les environs, n'entendît ces éclats
de voix et ne courût annoncer à ses compatriotes que l'on chantait dans le ventre du
cheval. Mais il était impossible de faire taire
Acamas par persuasion, et il n'était pas facile,
dans cette nuit opaque, de le réduire par la
violence. Un démon indomptable agitait cet
ivrogne. Guidé par le bruit qu'il faisait,
j'essayais de le saisir au passage; mais, quand
je croyais le tenir, je m'apercevais que ce
n'était pas lui. Furieux de nos reproches et de
nos menaces, il avait tiré son épée et frappait
au hasard. Nous en fûmes avertis, non par
nos yeux, mais par la douleur que sentirent
soudain plusieurs de mes compagnons, atteints
par ces coups aveugles. Quelques-uns des
blessés ne purent retenir leurs cris. Et l'ivrogne
continuait de hurler ses chansons. Nous nous
heurtions dans la nuit ; et quand, parmi ce
désordre et cette épouvante, mes mains touchaient des visages ou des bras, elles se mouillaient d'un sang que je ne voyais point. Nous

étions perdus ; il nous semblait ouïr au dehors
des pas qui se rapprochaient...

Mais un dieu m'inspira un artifice salu-
taire. Je reculai vers l'une des extrémités de
notre prison et j'appuyai mon dos contre la
paroi ; j'appelai par leur nom chacun de mes
compagnons, Acamas excepté ; et, quand je
fus assuré qu'ils étaient tous à côté de moi et
que l'ivrogne était séparé de notre groupe, je
rampai sur le plancher, jusqu'à ce que j'eusse
rencontré les jambes d'Acamas. Alors il eut
beau se débattre, mes mains remontèrent rapidement le long de son corps jusqu'à sa gorge,
que je serrai de toutes mes forces. Il s'abattit
tout d'une pièce ; ses pieds remuèrent encore
un peu, mais pas longtemps.

Sans doute quelque dieu jaloux fut apaisé
par la mort d'Acamas, car dès lors tout nous
réussit.

Nous n'entendions plus qu'un grand silence.
Les Troyens étaient couchés. Par les étroites
lucarnes, nous regardons vers la rive : une

torche brille sur la proue d'un vaisseau. C'est
le signal ; quelle joie ! La trappe levée, nous
descendons à l'aide d'une corde ; nous enva-
hissons la ville ensevelie dans le sommeil et
le vin ; nous égorgeons les sentinelles et
nous ouvrons les portes à l'armée des Grecs.

En marge des

Chansons de Geste

Le Vœu de Vivien

IVIEN fut élevé dans le château de son oncle Guillaume et de sa tante Blanchefleur.

Son temps se partageait entre le cheval, le maniement des armes et les exercices de dévotion.

Il se représentait la terre divisée en deux camps : les chrétiens, amis de Dieu ; les païens, ses ennemis ; en haut, Dieu, la Vierge et l'assemblée des saints se penchant sur le monde et s'intéressant à la lutte, et parfois y intervenant par des miracles.

Vivien était délicat de visage et blanc de peau comme une fille, avec des muscles plus durs que l'acier. Il unissait la piété d'un petit moine à la bravoure d'un chevalier coureur d'aventures. Et il se préparait à la chevalerie comme à un sacrement.

*
* *

Lorsque Vivien, à genoux devant son oncle Guillaume au Court-Nez, eut reçu de lui l'accolade, il se leva et dit :

— Bel oncle, je fais un vœu. Devant dame Blanchefleur, ma tante et marraine, qui m'a si tendrement nourri, devant vous, devant tous vos pairs, je promets à Dieu que, de toute ma vie, je ne reculerai d'un pas en face des païens.

— Voilà, fit doucement Guillaume, un serment malencontreux. Il n'est homme si brave qui ne fuie quand on le serre de trop près. Moi-même, dans la bataille, je n'attends pas d'être mortellement blessé. Beau neveu, il

faut avoir souci de soi pour aider les autres.
Et la fuite est bonne qui sauve la vie.

— Oncle Guillaume, sachez-le bien, jamais
devant Persans, Turcs ou Sarrasins, je ne-
céderai d'un pas. J'en fais la promesse au
Maître du ciel.

— Alors, mon pauvre petit, tu ne vivras
guère.

Dame Blanchefleur s'était mise à pleurer :

— Mon enfant, dit-elle, tu nous prépares
un grand chagrin.

— Marraine, j'ai juré, et je ne peux ni ne
veux m'en dédire.

— Le pape de Rome pourra te délier de
ton vœu.

— Le pape de Rome est loin. Et il ne me
déliera pas contre mon gré.

— Adieu donc, beau neveu. Je prierai
doublement pour toi.

Peu de temps après, Vivien décida son

oncle Guillaume, ses six autres oncles et tous
ses cousins à partir ensemble, avec dix mille
vassaux, à la recherche des païens. Car pour
lui la vie du chevalier, c'était d'avancer sur
la terre le royaume de Dieu.

Ils guerroyèrent en Espagne pendant sept
ans. Jamais Vivien ne transgressa son vœu.
Jamais il ne recula d'un pas. Une fois, dans
la mêlée, plutôt que de reculer, il sauta par-
dessus les oreilles de son destrier et retomba
sur le cheval d'un chef sarrasin : de quoi ce
païen fut à ce point surpris que Vivien l'é-
gorgea sans difficulté.

Ils revinrent au pays de Provence et, pour
se reposer, plantèrent leurs tentes en Aliscans.

Un matin, ils virent aborder une flotte sarrasine, qui jetait en quantité, sur le rivage,
des soldats noirs comme des diables.

Les chrétiens étaient las d'une si rude
guerre. Les païens paraissaient innombrables.
Mais Vivien dit à ses compagnons :

— N'ayez pas peur de ces mécréants, que

Dieu n'aime guère. Plusieurs de nous mourront ici, mais au Paradis s'en iront leurs âmes. D'ailleurs, si nous ne fuyons pas, Dieu sera pour nous.

— Neveu, dit Guillaume, c'est une folie. Les païens sont trop. Nous ferions mieux de nous en aller.

— J'ai fait, répondit Vivien, le vœu de ne jamais fuir.

— Ce n'est pas fuir, dit Guillaume, que de refuser la bataille.

— Faites ce que vous voudrez, dit Vivien. Je resterai ici à cause de mon vœu.

— Et moi, je resterai à cause de toi, dit Guillaume.

— Et nous aussi, dirent les autres preux.

*
* *

La ligne noire des païens s'avançait sur le sable jaune.

Les sept oncles de Vivien s'embrassèrent. Suivis de leurs vassaux, ils allèrent à la ren-

contre des Sarrasins. Et ils se tenaient autant
qu'ils le pouvaient autour de Vivien, pour
lui rendre moins difficile l'accomplissement
de son vœu.

Car l'obligation de ne jamais reculer d'un
pas exposait l'enfant à des coups plus nom-
breux et plus rudes. Déjà il était couvert de
blessures. Son sang coulait par maintes fêlures
de son heaume et par maints trous de sa tu-
nique de mailles,

A un moment, comme il ferraillait avec
l'émir Déramé, son cheval fit un écart, et,
comme Vivien présentait le flanc, l'émir en
profita pour lui trouer le poumon d'un coup
de lance.

Mais l'enfant se retint à l'encolure du cheval, qui l'emporta hors de la mêlée et le dé-
posa, dans la campagne, au bord d'une fontaine, à l'ombre d'un grand chêne rond.

Or les païens étaient vaincus. Mais Guillaume, ayant perdu de vue son neveu, le cherchait avec angoisse. Il le découvrit, enfin, au bord de la fontaine, et il le crut mort.

Il se mit à genoux, le baisa sur la bouche. Puis il posa la main sur la poitrine de l'enfant et sentit la vie sauteler au cœur.

— Neveu, vis-tu encore ?

Vivien ouvrit les yeux :

— Oui, mais j'ai bien peu de force... Oncle Guillaume, puisqu'il n'est pas ici de chapelain, confessez-moi, car je vais mourir.

Et l'enfant, mains jointes, commença à dire ses péchés.

— Oncle, lorsque je pris les armes, je promis à Dieu de ne jamais fuir... Or je crains d'avoir reculé un peu tout à l'heure... De combien, je ne sais pas. Mais j'ai bien peur d'avoir faussé mon vœu.

— Rassure-toi, dit Guillaume. Je te regardais à ce moment-là. Ton cheval s'est porté de côté, mais non pas en arrière.

— Oncle, j'ai bien peur d'avoir reculé, et

cela me désespère... Mais je prie le Seigneur
Jésus de me pardonner en considération de
ma mort.

* *
*

Mais Vivien ne mourut pas cette fois.
Transporté au château d'Orange, sa tante et
marraine Blanchefleur le soigna si bien que
ses blessures guérirent.

Un soir qu'il était auprès d'elle dans sa
chambre :

— Tante, lui dit-il, je crois que je pourrai
bientôt repartir en guerre.

— Tu es trop faible encore, dit Blanchefleur. Et puis, n'as-tu pas assez fait pour la
cause de Dieu ?

— Je n'aurai pas assez fait tant qu'il me
restera une goutte de sang et un souffle de
vie.

— Mais n'es-tu pas las de tuer des hommes
et encore des hommes, toi qui es d'âme si
douce et qui ressembles à une petite fille ?

— Il est vrai que je suis courtois avec mes pairs, charitable aux pauvres gens, équitable pour tous, et que je n'ai jamais fait de mal à aucun chrétien. Mais je suis ainsi parce que je connais la loi divine. Je dois donc travailler à imposer cette loi et à exterminer ses ennemis.

— Il y a peut-être aussi, dit Blanchefleur, des païens courtois et charitables.

— Cela me paraît impossible, dit Vivien; mais, si cela est quelquefois vrai, Dieu leur en tiendra compte.

— Si encore, reprit Blanchefleur, tu n'avais pas fait ce vœu qui augmente pour toi les chances de mort...

— Un chevalier doit être plus brave que les autres hommes, et je voudrais être plus brave que tous les chevaliers.

— Mais c'est de l'orgueil, Vivien.

— Non, marraine, puisque c'est Dieu qui m'a inspiré cette pensée... Et puis... vous êtes ma dame, et c'est aussi en pensant à vous que j'ai fait ma promesse. Je veux que vous soyez fière à cause de moi.

— Fière, je le suis... mais si angoissée ! Hélas ! ton pauvre petit corps est déjà tout raviné de cicatrices.

— Il y a encore de la place pour de nouvelles blessures, s'il plaît à Dieu. Et vous les guérirez, marraine.

— Vivien, mon doux enfant, ne m'abandonne plus.

— Marraine, ne pleurez pas, car vos pleurs me font mal sans changer ma volonté.

— Si tu repars, mon Vivien, tu ne reviendras plus jamais.

— Cela se peut bien. Mais qu'importe ? Cette vie d'expiation n'est que transitoire. La vie parfaite est ailleurs... Vous prierez pour moi, marraine ?

— Jour et nuit, Vivien.

— Je pourrai donc me dire, toutes les fois que je serai dans un grand danger, que, à ce moment-là même, vous pensez à moi ?

— Certes, tu le pourras.

— Alors, marraine, je partirai bien tranquille.

.•.

Il partit en effet, avec ses oncles et leurs
vassaux.

Ils allèrent jusqu'en Afrique, et, dans le
désert, un jour de grande chaleur, ils ren-
contrèrent l'armée sarrasine.

Le choc fut rude. Les oncles de Vivien
l'entouraient et le secouraient de leur mieux,
pour qu'il pût tenir sa promesse. Mais il vint
un moment où Vivien, faible encore de ses
blessures, et pressé par un géant païen semblable à une tour, ne put plus ni avancer ni
même rester en place. Il fallait reculer ou
mourir.

— Je vais donc mourir, se dit l'enfant.

Mais il gardait un peu d'espoir, parce qu'il
songeait qu'en cet instant dame Blanchefleur

priait pour lui dans l'oratoire de son château
d'Orange...

Tout à coup, une clameur d'effroi s'éleva
des rangs ennemis. C'est que les Sarrasins venaient d'apercevoir, au-dessus de l'armée des
chrétiens, une autre armée aux formes plus
grandes et plus redoutables.

Aux cris poussés par ses compagnons, le
géant païen se retourna, vit qu'ils regardaient
en l'air, et aperçut à son tour l'armée
aérienne...

Vivien put avancer d'un pas. Bientôt l'é-
pouvante saisit les païens. Les chevaliers
chrétiens les poursuivirent et en firent un
grand carnage. Et ainsi, une fois encore,
Vivien tint son serment.

.•.

Un clerc expliqua dans la suite qu'on avait
vu quelquefois se produire au désert, par
l'effet de la grande chaleur, des illusions pa-

reilles à celle qui avait effrayé les Sarrasins.

Mais il plut davantage à Vivien de croire que Dieu avait fait un miracle pour lui, et que ce miracle était dû aux prières de sa marraine...

En marge de

Villehardouin

D'un Chevalier franc

et d'une Dame

de Constantinople

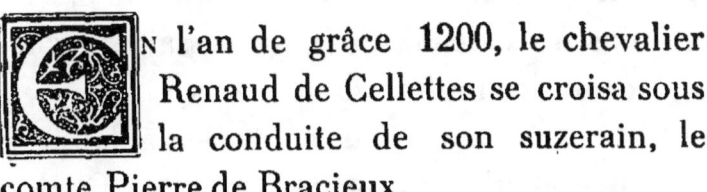

En l'an de grâce 1200, le chevalier Renaud de Cellettes se croisa sous la conduite de son suzerain, le comte Pierre de Bracieux.

Renaud était un jeune homme simple et rude, qui n'avait guère vu jusque-là que la

bonne ville d'Orléans et les grands bois de la
Sologne.

Il rejoignit, en passant par Paris, le gros
de l'armée, que commandait le marquis Boniface de Montferrat ; chevaucha par la Bourgogne, le mont Joux, le mont Cenis et la
Lombardie, et vit sans trop d'étonnement
beaucoup de choses qui lui étaient nouvelles.
Il n'était pas fort curieux ni capable de grandes réflexions, mais il aimait le mouvement
et l'aventure. D'ailleurs chrétien docile et
fermement assis dans sa foi parmi les agita-
tions de son corps robuste.

Il séjourna à Venise, où il remarqua qu' il
y avait de douze à quinze cents ponts, tant
grands que petits, tant de bois que de pierre,
et plus de bateaux qu'il ne passait de che-
vaux ou de mulets dans Paris ».

Puis il fut à Corfou, contribua à la prise
d'Andre et d'Avie, et débarqua à Chalcédoine avec vingt mille autres croisés, francs
ou vénitiens. Les croisés assiégèrent Cons-

tantinople, où ils avaient promis de rétablir
l'empereur Alexis, et, le 14 avril 1204, ils
entrèrent dans la ville.

* *
*

Après avoir donné de vagues regards à la
ville dorée, à ses palais de marbre, à ses
hautes colonnes surmontées de statues et à
ses coupoles d'églises plus nombreuses que
les jours de l'année, ils se répandirent par
la cité pour faire leur butin.

Avec la petite troupe de ses gens d'armes,
Renaud pénétra dans une maison peinte de
couleurs vives, où habitait une jeune veuve
du nom de Théodosie.

Pendant que ses hommes envahissaient
les caves et les cuisines ou s'occupaient avec
les premières servantes rencontrées, Renaud,
noir de poussière et de sueur, traversa plusieurs chambres pavées de mosaïque et éclai-
rées par des fenêtres à treillis d'or ; il abattit

en passant quelques statuettes qu'il ignorait
être de Praxitèle, et, tandis que, de salle en
salle, des femmes s'enfuyaient à son approche, il arriva dans une chambre plus secrète,
où une jeune dame, vêtue de soies légères,
priait devant de somptueuses icônes.

Fort excité par la bataille récente, et aussi
par les privations d'un long siège, il se jeta
sur la veuve parfumée et la prit de force,
malgré ses cris. Après quoi, un peu honteux,
il la regarda avec plus de soin et vit qu'elle
n'était pas fâchée.

Théodosie l'était si peu qu'elle lui sourit et
lui fit signe de rester.

Il resta quelques heures. Il n'osa piller la
maison, quoiqu'il fût entré surtout pour cela.
Mais, ne voulant pas que la prise de la ville
lui fût moins profitable qu'aux autres, il sortit avec ses compagnons pour aller piller
ailleurs. Il rapporta bientôt quantité d'or et
d'argent, de vaisselle et de pierres précieuses,
de satins et de draps de soie, et d'habille-

ments de vair et d'hermine, et demanda à
Théodosie la permission de déposer son gain
dans une salle du palais.

Dès lors, il ne la quitta plus guère, car il
était captif de ses yeux, de la forme de son
corps, et de quelque chose qu'il n'avait pas
rencontré autrefois chez les femmes de l'Or-
léanais et de la Bourgogne.

Dans ses expéditions, puis pendant le siège
de la ville, il avait appris un peu de grec populaire ; au bout de quelque temps, à force
de s'appliquer, il entendit la langue de sa
maitresse et se fit assez bien comprendre
d'elle.

Elle lui enseigna les avantages du bain
et les délices de la propreté.

Il n'avait jamais connu qu'un amour brutal et rapide. Elle lui révéla un autre amour,
qui creusa les joues du jeune barbare et lui
rompit les jarrets. Elle lui lisait des vers
amoureux de poètes anciens qui lui faisaient
paraître sèches et balbutiantes les petites

chansons des trouvères. En même temps, il
commençait à concevoir la beauté de la
ville aux coupoles d'or. Et son esprit et ses
sens s'habituaient à des délicatesses qu'il
n'avait ni désirées ni même imaginées auparavant.

Il était soumis à Théodosie comme à une
créature plus parfaite et plus savante que lui.
Et elle le retenait encore par un mélange de
langueur et d'ardeur, par sa souplesse, son
mystère et ses parfums.

Au reste, il se réjouissait de la voir pieuse,
et même dévote, sans cesse agenouillée devant ses icônes, et mêlant Dieu dans ses
moindres propos.

Cependant, « il fut crié par toute l'armée,
de par le marquis Boniface de Montferrat,
et de par les barons et de par le duc de Venise, que tout le butin fût apporté et rassem-

blé, ainsi qu'il avait été promis et juré sous peine d'excommunication. Et les lieux désignés furent trois églises ; et on mit, pour les garder, des Français et des Vénitiens, des plus loyaux qu'on pût trouver. Et alors chacun commença à apporter le gain et à le mettre ensemble. » (Villehardouin, LVI.)

Le tout devait être ensuite partagé équitablement entre les croisés.

Renaud se disposait à faire porter dans une des églises le butin qu'il avait déposé dans la maison de Théodosie. Mais la belle veuve lui dit :

— Ceci m'appartient !

Il y avait là des vases d'or ciselé, des étoffes raides de broderie, de rares joyaux et des fourrures profondes.

Renaud hésitait, songeant à l'excommunication. Il objectait d'ailleurs que sa part lui serait remise comme aux autres chevaliers. Mais Théodosie, l'entourant de ses bras nus et lui parlant de tout près :

— Que ta conscience se rassure, ma chère âme. Dieu, qui est toute justice, te permet de retenir entièrement le gain que tu as fait. La part doit être proportionnée au mérite. Il ne serait donc pas juste que la tienne fût seulement égale à celle des autres croisés, quand tu les surpasses tous en intelligence et en courage. Au surplus, ces biens périssables qui t'appartenaient, puisque tu les avais conquis, ils m'appartiennent maintenant, puisque tu me les as donnés. Et assurément tu ne voudras pas me les reprendre.

Elle acheva de le convaincre par d'habiles caresses, si bien qu'il n'envoya dans l'église que quelques dépouilles de peu de prix.

⁂

Mais il fut dénoncé par l'un de ses compagnons, Gérard de Beaugency, comme ayant détourné une partie du butin.

Son cas était mauvais ; car, ainsi que l'é-

crit Messire Geoffroy de Villehardouin,
« ceux qui furent alors convaincus de vol, il
en fut fait grande justice, et il y eut assez de
pendus. Le comte de Saint-Paul pendit, l'écu
au cou, un sien chevalier qui avait gardé
quelque chose. »

 Mais Théodosie eut une idée.

— Mon doux ami, dit-elle à Renaud, il
faut démentir ton accusateur et demander
contre lui le jugement de Dieu, selon la
coutume des Francs. Les barons ne sau-
raient te le refuser; et si, comme je le crois,
Dieu approuve les raisons pour lesquelles
tu as retenu ton gain, il le signifiera en te
donnant la victoire.

Le « jugement de Dieu » fut accordé au
bon chevalier. Comme il paraissait un peu
affaibli, Théodosie lui fit boire un philtre
composé par une négresse et qui lui rendit
une vigueur momentanée. Et Renaud, ayant
tué son accusateur en combat singulier, fut
reconnu innocent.

* *

Or Théodosie était de ces personnes,
comme il y en avait beaucoup à Constanti-
nople, qui aimaient à discuter et subtiliser sur
les choses de la foi, soit pour s'enorgueillir
de la finesse de leur esprit, soit pour plier les
dogmes à quelque caprice secret de leur
sensibilité.

Un jour qu'elle était dans les bras de
Renaud, elle s'écria tout à coup :

— Ah ! chair de péché ! chair maudite où
sans cesse la douleur naît du plaisir, et qui
jamais, jamais ne sera contentée !

Et, comme Renaud s'étonnait :

— Doux ami, ajouta-t-elle, crois-tu que le
Christ ait deux natures ou une seule ?

— Je n'en sais rien, dit Renaud, mais est-
ce bien le moment...

— Il faut le savoir, doux ami, car la
question est d'importance. Songe que, si le
Christ avait une autre nature que la divine,

il faudrait donc admettre qu'il a pu être, comme nous, troublé dans son corps : pensée intolérable, et qui paraît attenter à la pureté divine. Secondement, prends garde à ceci, que la chair du Christ ne saurait être de la même substance que la nôtre, car notre substance est formée de ce qui vient d'un homme et de ce qui vient d'une femme, mais aucun homme n'a coopéré à l'incarnation du Verbe. Reconnais enfin, tendre ami, qu'il est impossible de concevoir deux natures distinctes et une seule personne. Prétendre que le Christ a deux natures, c'est donc comme si l'on disait qu'il y a quatre personnes de la sainte Trinité... Qu'as-tu à répondre ?

— Rien du tout, dit Renaud.

— Alors, reprit-elle, dis-moi que tu crois à une seule nature. J'ai besoin que tu le dises, pour sentir nos âmes mieux jointes... Dis-le, mon amour, je t'en supplie.

— Je te répète que je n'en sais rien, dit Renaud, tout à coup pris de méfiance. Je ne

suis pas assez grand clerc, et je craindrais
d'offenser Dieu si d'aventure tu te trompais.

— Oh ! fit-elle, le méchant, qui n'a pas
confiance en moi !

Et elle pleura.

.*.

Le lendemain, Renaud interrogea un des
chapelains de l'armée sur le point qui l'in-
quiétait.

Le chapelain fut un peu étonné de la
question. Mais, réfléchissant que la ville
était pleine d'hérétiques occultes et qu'il pouvait être bon de prémunir les fidèles contre
leurs séductions, il expliqua patiemment à
Renaud que le Christ a deux natures, à la
fois distinctes et unies ; qu'il fallait bien qu'il
fût Dieu pour nous racheter et qu'il fût
homme pour souffrir ; que telle était la
décision du saint concile de Chalcédoine, et
que ceux qui pensaient autrement étaient des

hérétiques et des ennemis de Dieu et de la
sainte Église.

— Deux natures ? reprit Renaud. Vous
dites deux natures ?

— Je dis deux natures, répondit le chapelain.

— Deux natures... murmura Renaud pour
ne pas oublier.

* *
*

Il rentra chez Théodosie, sûr à présent de
ce qu'il devait croire.

Mais, pendant plusieurs jours, elle ne lui
parla point théologie. Seulement elle semblait
s'appliquer de plus en plus à détruire par ses
baisers la force de son amant.

Une nuit, enfin, il l'entendit murmurer :

— Dis-le, ma chère âme, que tu y crois.

— A quoi donc, mon amour ?

— A une seule nature comme à une seule
personne. Dis-le, mon tendre ami.

Renaud, à ce moment, était penché sur elle. Il crut voir dans ses yeux un abîme, et que cet abîme était l'enfer.

Elle l'attirait vers sa bouche en répétant :

— Dis que tu y crois ! Je veux que tu le dises !

Serré dans ces bras hérétiques, il eut peur, peur de céder à la tentation et de se damner.

Alors il brisa l'étreinte, puis il glissa ses deux pouces sous le menton de Théodosie et les appuya fortement sur son cou jusqu'à ce qu'elle ne fît plus aucun mouvement.

En marge de Joinville

Le Renégat

E roi Louis était, depuis quelques jours, prisonnier des infidèles. Il logeait à Mansourah, dans une maison assez propre. Un soir, il venait de dîner d'un peu de viande salée et de légumes secs, et, assis dans la cour, près du jet d'eau, il devisait avec le sire de Joinville, quand un de ses pages l'avertit qu'un Sarrasin, bel homme et très bien habillé, demandait à le voir.

Le Sarrasin entra. C'était, en effet, un garçon de bonne mine; mais il n'avait ni le nez légèrement recourbé, ni la peau ambrée, ni la barbe noire et fine que l'on remarquait

chez la plupart des riches hommes sarrasins.
Il ressemblait plutôt, par les traits et l'air du
visage, à quelque bourgeois de l'Ile-de-
France.

Il salua le roi avec beaucoup de respect,
et lui dit dans le plus pur français :

— Sire, je vous apporte des fleurs. J'y ai
joint quelques pots de lait, des fruits fraîche-
ment cueillis et des légumes de la saison. Je
sais que vous souffrez des incommodités qui
sont ordinaires aux Francs dans ce pays, et
j'ai pensé que ces petits présents vous seraient
agréables.

Le roi regardait attentivement le Sarrasin.

— Où avez-vous appris le français ? lui
demanda-t-il.

— Sire, dit l'homme avec simplicité, je l'ai
toujours su, car j'ai été chrétien.

Alors le roi, d'une voix ferme, mais avec
l'accent d'une grande tristesse :

— Je ne puis recevoir vos dons. Allez-
vous-en. Je ne vous parlerai pas davantage.

*
* *

Joinville reconduisit l'homme ; mais, étant
curieux de sa nature, il l'arrêta dans une
chambre et le questionna :

— Qui êtes-vous donc, et comment êtes-
vous ici ?

— Je suis, dit l'homme, Ali-Eddin, marchand à Mansourah. Mais mon vrai nom est
Gautier, et je suis né à Provins. Je suis venu
en Égypte l'an de grâce douze cent trente-
neuf, avec le duc de Bourgogne. Je me suis
établi ici pour faire du commerce, et j'ai renié
pour n'être pas inquiété par les infidèles. Je
vends des tapis, des étoffes de soie, des parfums, quelquefois des esclaves. Je sers d'in-
termédiaire entre les chrétiens et les mahomé-
tans, et les uns comme les autres n'ont
jamais eu qu'à se louer de moi.

— Mais ne savez-vous pas que, si vous
mouriez en cet état, vous seriez damné et
iriez en enfer ?

— Il est vrai, mais j'y pense le moins possible. Je crois que nulle religion n'est meilleure que la chrétienne. Mais, pour quitter la
religion de Mahomet, je devrais m'en aller
d'ici et y laisser mes biens. Et je crains, si je
retournais vers vous, la pauvreté et les reproches qu'on me ferait. Tous les jours on me
dirait : « Voici le renégat. » J'aime mieux
vivre ici riche et tranquille.

— Mais songez-vous qu'au jour du jugement, là où chacun verra son péché, vous
aurez à subir de plus grands reproches que
ceux que vous redoutez aujourd'hui?

— Je suis jeune encore, et le jour du jugement est loin, au lieu que mes richesses et
mes plaisirs sont là tout proches.

— Mais ne sentez-vous pas un trouble et
un regret dans votre cœur, en voyant ici des
gens de votre pays prêts à mourir pour la foi
que vous avez abandonnée?

— Assurément, et c'est pourquoi je suis
disposé à leur rendre tous les bons offices

qui seront en mon pouvoir. La première fois
que je vous ai vus, vous et vos compagnons,
je me suis ressouvenu avec larmes de mon
enfance, de ma ville de Provins, de ses églises, de ses couvents et du son des cloches, et
des champs de blé de la Brie. Les Sarrasins
ne sont pas de méchants hommes, mais je ne
peux parler avec eux du passé. Et puis, ils
sont plus voluptueux que sensibles. Je n'ai
point retrouvé chez eux cette gentillesse de
façons et cette tendresse qui sont choses
de chez nous. Enfin, je n'ai pu voir le roi de
France sans m'éprendre d'amour pour lui,
car il représente tout ce que j'ai laissé. Alors,
le sachant éprouvé par les fièvres et par les
maux de ventre, je lui ai apporté ce lait et ces
légumes frais. Il m'a traité avec rigueur parce
qu'il ne connaît pas le fond de mes sentiments et qu'il est, d'ailleurs, trop saint homme
pour comprendre mon cas. Mais je ne veux
point remporter ces modestes présents Si
vous étiez bon, messire, vous garderiez ce

lait et ces légumes et feriez en sorte de les lui
servir sans qu'il y prît garde. Vous le devez,
si la santé du roi vous soucie.

— Je tâcherai, dit Joinville. Vous êtes
honnête homme, si toutefois on le peut être
en dehors de la vraie religion, et surtout
quand, l'ayant connue, on l'a délaissée par
intérêt et par peur. Pensez à votre âme, et
nous revenez.

— Je n'ai point, dit Ali-Eddin, la foi assez
vive. Et j'ai trop d'attache, je l'avoue, aux
biens de ce monde.

.*.

Depuis que les croisés étaient à Mansourah, Ali-Eddin recherchait toutes les occasions de les voir et de s'entretenir avec eux.
Un jour, il se trouva dans une cour entourée
de murs où les Sarrasins tenaient beaucoup
de chevaliers et d'autres gens prisonniers. Des
émirs, ignorant ou feignant d'ignorer que le

roi avait **payé** la rançon de tous les captifs,
les faisaient tirer de ce clos l'un après l'autre
et demandaient à chacun : « Veux-tu renier ? »
Ceux qui ne voulaient pas, on les mettait d'un
côté et on leur coupait la tête, et ceux qui
reniaient, on les mettait d'un autre côté.

Or, Ali-Eddin ne pouvait s'empêcher de
mépriser ceux-ci, encore qu'il eût jadis fait
comme eux. Mais ceux qui préféraient la
mort au reniement, il les admirait malgré
lui et en avait grande pitié. Et, chaque fois
qu'un chrétien était interrogé, Ali redoutait
également qu'il ne fût lâche afin de se sauver,
ou qu'il ne se perdît par trop de cœur.

Bientôt cette vue lui devint insupportable.
Il alla vers le sire de Joinville, apprit de lui
le traité conclu par le roi, le fit connaître aux
émirs, et put délivrer ainsi la plus grande partie des prisonniers.

Le roi en fut instruit. Il ne voulut point
voir le renégat, mais il dit au sire de Joinville :

— Cet homme, apparemment, n'est pas
encore endurci dans le mal. Son acte charitable me fait espérer que Dieu lui accordera
la grâce de détester son reniement.

Ce propos fut rapporté par Joinville à Ali,
qui en fut extrêmement touché.

— C'est pour moi, dit-il, une grande joie,
que le roi de France ait pu penser à moi
sans colère.

**

Cependant, les chevaliers chrétiens s'exer-
çaient aux armes, tous les matins, dans un
champ proche de la ville. Ali assistait à ces
jeux toutes les fois que ses affaires le lui permettaient. Il ne se lassait point de ce specta-
cle, et il se plaisait à dire que les Francs
l'emportaient en adresse sur les Sarrasins.

Il vendait aux chrétiens des étoffes, des
parfums, des pièces d'armure, des objets de
piété, et toujours au plus juste prix. Et il

écoutait leurs conversations, pour la douceur d'entendre les noms des villes et des rivières de sa patrie et d'ouïr résonner le parler de France.

Un jour, quelques jeunes chevaliers, tourmentés par la chaleur du sang, se plaignirent à lui de ne point rencontrer aisément, sur cette terre étrangère, des femmes dont ils pussent prendre leur plaisir. Le renégat, qui avait perdu la crainte de Dieu, eut pitié d'eux à cause de privations qui, s'ils les eussent supportées, eussent tourné au profit de leurs âmes, et il s'employa obligeamment pour que leur mauvais désir fût contenté.

Mais, trois d'entre eux ayant été surpris dans le moment où ils péchaient, le roi ordonna qu'ils fussent menés à travers le camp, en chemise et liés avec une corde, par les compagnes de leur péché : condamnation que ces jeunes étourdis subirent avec moins de confusion que de moquerie dissimulée, car leurs conductrices étaient belles.

Le roi sut la complaisance d'Ali, et s'en montra fort courroucé. Ce qu'ayant appris de la bouche de Joinville, le renégat donna les signes de la plus vive douleur.

— Hélas! dit-il, je ne savais pas être si criminel. Les Turcs sont peu scrupuleux sur ce chapitre, et j'ai sans doute l'âme un peu turque. Mais la colère du roi me désespère, quoique j'en saisisse mal les raisons.

Quelques jours après, Ali-Eddin, déguisé en mendiant, fut à la messe que l'on célébrait chaque matin, portes ouvertes, dans la chambre du roi, et où ceux qui voulaient étaient admis tant qu'il y avait de la place.

Le roi priait avec une piété si ardente que son visage en était illuminé et paraissait d'une beauté angélique.

Ali se tenait près de l'une des portes. Il regardait le roi de tous ses yeux. Puis, tandis que se succédaient ces cérémonies de la messe qu'il n'avait pas vues depuis bien des années, il se ressouvenait des gestes et des oraisons, et de son église de Provins, et du pays de France.

En sortant, le roi le reconnut sous ses habits de mendiant :

— Gautier de Provins, lui dit-il, veux-tu revenir à nous ?

— Sire, répondit Ali, je le voudrais, mais je ne puis encore.

Joinville intervint :

— Sire, ce renégat n'a aucune méchanceté. Si vous promettiez de lui assurer la subsistance et de le défendre contre les propos outrageants, je suis sûr qu'il rentrerait de bon cœur dans le giron de la sainte Église.

— Cela serait trop facile, dit le roi. Il faut que son retour lui soit un sacrifice; autrement il ne vaudrait rien... Gautier de Provins, crains-tu toujours la pauvreté et les injures ?

Le renégat ne répondit rien. Il songeait à ses trésors, à ses femmes, à ses jardins, à sa riche maison.

— Pauvre homme! dit le roi tristement.

*
* *

Le roi Louis se transporta à Césarée, puis
à Jaffa, puis à Sayette, et il fit dans ces trois
villes de grands travaux de fortification.

Le renégat le suivit partout. Il s'entremet-
tait secrètement auprès des fournisseurs de
matériaux et obtenait pour le roi des condi-
tions équitables.

Son plus grand bonheur était de l'apercevoir de loin, quelquefois ; mais il n'osait s'ap-
procher de lui. Et il ne faisait pas attention
que ses comportements commençaient d'é-
veiller la défiance des Sarrasins.

A Sayette, « le roi fit enfouir les corps des
chrétiens que les Sarrasins avaient occis. Et
il portait lui-même les corps pourris et puants
pour les mettre en terre dans les fosses, sans
qu'il se bouchât le nez, et les autres se le bou-
chaient ».

Ali-Eddin le vit, et s'en émerveilla d'autant
plus qu'il était particulièrement sensible,

pour sa part, aux bonnes odeurs, aux contacts
suaves, et à toutes les délices d'une vie somp-
tueuse et molle.

.•.

Lorsque le roi, sur le port de la ville
d'Acre, fut prêt à entrer dans le vaisseau qui
le devait ramener en France, Ali-Eddin se
présenta devant lui.

— C'est toi, Gautier de Provins? dit le roi.
Veux-tu venir avec nous?

Ali s'agenouilla :

— Sire, je vous supplie de me dire, avant
votre départ, que vous n'êtes pas fâché contre
moi.

Comme il achevait ces mots, il fut percé
d'une flèche et tomba à la renverse sur les
dalles. La flèche avait été tirée d'une maison
voisine du quai, par un Sarrasin soupçon-
neux qui, depuis quelque temps, surveillait
le renégat et qui ne put supporter de le voir
aux pieds du sultan des Francs.

Le roi se pencha sur Ali-Eddin, vit qu'il était trépassé, et se signa.

— Prions, dit-il. Le roi de France ne reniera point le renégat tué à cause de lui. Cet homme a craint la pauvreté et les reproches, mais il n'a pas craint de s'exposer à la mort. Ceci est sans doute ce qui pouvait lui arriver de meilleur. Puisse son sang avoir effacé son reniement ! Et que Dieu reçoive son âme inquiète !

En marge du
« Décaméron »

La suite de « Grisélidis »

ORSQUE Dione eut terminé l'histoire du marquis de Saluces et de Grisélidis :

— Cette histoire a une suite, dit Mme Philomène.

— Vous nous la conterez, dit Mme Flammette.

— Volontiers, dit Mme Philomène.

Et elle parla en ces termes :

— Donc, après avoir éprouvé sa douce femme, ainsi que vous venez de l'entendre, après lui avoir enlevé ses deux enfants, après l'avoir renvoyée dans son village, puis rappelée pour servir de chambrière à la jeune princesse qu'il feignait de vouloir mettre en sa place, le marquis Gaultier de Saluces, enfin satisfait de la soumission de Grisélidis, la fit asseoir à ses côtés et lui dit :

— Il est temps, Grisélidis, que vous recueilliez les fruits de votre longue patience, et que ceux qui m'ont regardé comme cruel et brutal sachent quel était secrètement mon dessein. Je voulais vous enseigner les vertus d'une femme mariée et assurer par là mon repos à venir. Dans cette pensée, je vous ai fait mille chagrins. Mais l'événement vous comble de gloire et me remplit de satisfaction. Et je reprends avec joie l'épouse que j'ai chassée indignement.

À ces mots, il se disposait à l'embrasser. Mais Grisélidis se détourna.

— Ainsi, dit-elle, les paroles injurieuses dont vous m'avez si souvent humiliée, l'enlèvement de ma fille et de mon fils, ma répudiation et les soins où vous m'avez contrainte envers votre fiancée, tout cela n'était qu'une épreuve?

— Oui, ma chère Grisélidis ; et, parmi toutes les rigueurs que je simulais, je n'ai jamais cessé de vous aimer.

Eh bien donc, répondit-elle. je vous respecte toujours comme mon maître, mais c'est moi, à cette heure, qui ne vous aime plus.

Et sa douce petite figure prit soudainement une expression de froideur et de dureté.

— Quoi ? dit le marquis au comble de l'étonnement, c'est vous qui parlez ainsi, au moment où je vous rends justice, où je vous rétablis dans tous vos honneurs, et où je suis autant résolu à vous plaire que je fus appliqué à vous tourmenter ?

— Je ne vous aime plus, répéta Grisélidis.

— Cela est impossible, reprit le marquis. Vous qui avez été si douce quand j'affectais d'être cruel, il est impossible que vous me

repoussiez lorsque je vous découvre mes vrais
sentiments et que je veux bien vous expliquer
moi-même que tout cela n'était que feintise,
et pour votre plus grand bien.

— Et c'est justement pour cela, dit Grisélidis, que je ne vous puis plus aimer. J'ai tout
supporté de vous autrefois sans vous retirer
mon cœur, parce que je croyais que vos
caprices et vos cruautés étaient sincères et
qu'ils n'étaient que l'effet de vos noires
humeurs ou peut-être de quelque dérange-
ment d'esprit. Mais que vous m'ayez consi-
dérée comme une créature de si peu de con-
séquence qu'il vous était permis de faire des
expériences sur elle, voilà ce que je ne puis
vous pardonner. Oh ! je ne me méconnais
point. Je me suis toujours souvenue que je
fus une paysanne, et que je devais être pour
vous la plus reconnaissante et la plus humble
des épouses. Mais j'étais votre épouse enfin, et
vous ne deviez pas m'avilir en faisant de moi
l'objet de vos curiosités hautaines : car c'était

avilir ce qui vous appartient, et c'était donc
vous faire tort à vous-même. L'artifice des
épreuves auxquelles vous m'avez soumise
m'est plus pénible que ces épreuves mêmes,
et m'a plus gravement offensée que n'eût fait
votre jalousie ou votre trahison. Non, Monseigneur, je ne vous aime plus. Mais je suis toujours votre femme et vous dois obéissance
comme auparavant. Après ce que j'ai eu l'au-
dace de vous dire, s'il vous plaît de me tuer,
faites-le vite ; s'il vous convient que je retourne
au village chez mes parents, j'y retournerai
avec joie ; mais si vous préférez que je reste,
je resterai.

— Restez, dit le marquis.

*
* *

Il ne trouva rien de plus à lui dire. Il eût
voulu la battre, mais il sentait que cela serait
inutile. Alors il s'éloigna brusquement et s'en
fut méditer dans ses jardins.

Il repassait dans sa mémoire les propos de
Grisélidis et ne les comprenait pas parfaite-
ment. Il méprisait les femmes, les jugeant
toutes faibles et fausses. Quand, cédant au
vœu de ses sujets qui le suppliaient de se
marier, il avait choisi la bergère Grisélidis à
cause de son air de simplicité et de douceur,
il avait eu soin de la prévenir : il lui avait
demandé « si elle s'efforcerait toujours de lui
complaire et de ne point se troubler ni s'éba-
hir de tout ce qu'il pourrait faire ou dire », et
elle lui avait répondu que oui. Elle avait tenu
sa promesse ; il l'en récompensait en la
reconnaissant de nouveau et plus solennelle-
ment pour sa femme. Qu'avait-elle donc à
lui reprocher ?

Il s'irritait contre la Grisélidis inconnue et
singulière qui venait de se révéler, contre
cette raisonneuse à la voix paisible qui continuait à observer le pacte, à être obéissante
et soumise, mais qui réservait son cœur.

Ce cœur, il s'en était peu soucié jadis,

pourvu qu'il eût dans sa femme une servante
irréprochable ; mais, à présent qu'elle le lui
refusait, il le voulait à tout prix. Et la petite
figure immobile et froide de Grisélidis, à la
fois docile et rebelle, ne pouvait plus lui sortir
de la pensée.

Il faisait en se promenant de si grands
gestes et si furibonds que les paons blancs
qui erraient dans ses jardins s'envolaient
lourdement à son approche, avec de vilains
cris.

⁂

Pendant le souper, il ne dit pas un mot à
Grisélidis, mais il ne cessa de regarder son
front calme sous ses cheveux d'or, les cils
obstinément baissés sur ses yeux et le pli
grave de sa bouche rose.

Il la suivit dans sa chambre et la prit dans
ses bras avec plus d'ardeur qu'il n'avait fait
même aux premiers temps de son mariage.

Elle ne se défendit point, mais elle demeura
insensible comme une morte.

Dès lors il la laissa vivre seule et à sa
guise dans ses appartements.

Bientôt, Grisélidis se mit à faire avec beaucoup de bonne grâce tout ce qui convient à
une riche et noble dame. Le matin, elle visi-
tait les pauvres L'après-dînée, elle donnait à
baller au son des violes, ou bien elle devisait
avec des dames et des seigneurs du voisinage.
Chacun admirait la finesse et la galanterie
de sa conversation, et jugeait le marquis fort
heureux de posséder une femme si spirituelle.

Le marquis venait quelquefois à ces assem-
blées. Mais il y restait peu, car il n'était pas
grand discoureur ni expert aux galants propos.
Puis, il souffrait de la liberté d'esprit de Grisélidis et de son paisible enjouement.

Un jour que l'on faisait de la musique, un

ménestrel du nom d'Ogier, qui était attaché à la maison, chanta une chanson d'amour dont Grisélidis parut étrangement touchée, et qui fit briller dans ses yeux humides une flamme que son mari n'y avait pas encore vue.

Il l'observa les jours suivants, et la trouva inquiète et rêveuse. Il fut jaloux. Il se consumait de chagrin, fatiguait vainement son corps par des chasses et des chevauchées, ne pouvait plus manger ni dormir.

Une nuit, il résolut d'entrer dans la chambre de sa femme. Il n'osa pas, mais il appliqua son oreille contre la porte et entendit Grisélidis chanter d'une voix meurtrie la chanson d'amour qui, quelques jours auparavant, lui avait mouillé les yeux.

Il songea à faire pendre le ménestrel Ogier, mais il réfléchit que cela ne lui apprendrait rien. Il le fit donc épier par un de ses écuyers, qui était son homme de confiance. L'écuyer surprit d'abord la chambrière Ginetta au moment où elle remettait un message au jeune ménestrel. Bientôt, Ogier ayant ôté son pourpoint afin de jouer à la paume, l'écuyer n'eut aucune peine à découvrir le billet dans une des poches de l'habit. Il le lut, le remit à sa place, et rendit compte de tout à son maître. Par ce billet, Grisélidis invitait Ogier à la venir trouver dans sa chambre la nuit d'après, par le moyen d'une échelle de corde qu'elle laisserait pendre de son balcon.

En d'autres temps, le marquis eût fait tuer sans examen la marquise, le jongleur et la chambrière, puis se fût vite consolé. Mais à présent, parce qu'il aimait davantage Grisélidis, tout en la détestant, il voulut la surprendre et la confondre avant de la faire mourir.

La nuit tombée, il attendit sous le balcon, l'âme torturée par les images qu'il se formait des longs cheveux dénoués et de la petite bouche sérieuse baisée par le jongleur. Il vit l'échelle ; il vit un homme y monter.

Alors il rentra dans le château, courut à
la chambre de la marquise, s'étonna que la
porte en fût ouverte, et se précipita l'épée à
la main, juste dans l'instant où la servante
Ginetta, en habits d'homme, achevait de gra-
vir l'échelle et sautait en riant sur le carreau
de la chambre.

En même temps, Grisélidis vint à lui et
lui dit tendrement :

— Je vous attendais, Monseigneur ; Ogier
ni Ginetta n'ont rien fait que par mon ordre,
et je vous prie de les épargner. Et maintenant, pardonnez une innocente ruse à votre
femme aimante et fidèle, qui se rend à votre
merci.

Elle s'offrait avec une grâce pudique. Mais
le marquis ne s'empressait point de lui ouvrir
les bras.

— Hélas ! Grisélidis, dit-il après un silence,
pourquoi avez-vous eu tant d'esprit ? Que
sont devenues votre ingénuité et votre mansuétude ? Et pourquoi avez-vous altéré l'idée

que je gardais de vous, et qui était celle d'une
colombe ou d'une brebis sans défense ?

— Je n'ai pourtant fait, Monseigneur, que
vous éprouver à mon tour, et bien légèrement, moi que vous avez si durement éprou-
vée.

— Ne dites pas cela, Grisélidis. J'ai feint
de vous répudier, mais non pas de vous
trahir dans le temps où vous étiez ma femme.
C'est vous qui avez été la plus cruelle.

— Je ne crois pas, Monseigneur ; mais, au
surplus, c'est vous qui aviez commencé.

— Parce que j'ai été fou, vous ne deviez
pas être méchante.

— Parce que j'ai été méchante, je vois
que, malgré tout, votre cœur s'est atten-
dri.

— Il est vrai, Grisélidis, que je suis bien
changé, et que je ne me reconnais plus.

— Eh bien ! donc, pardonnons-nous, et
ayons pitié l'un de l'autre. C'est encore une
façon de s'aimer.

— Notre réconciliation est mélancolique, Grisélidis.

— Les sentiments où il y a de la tristesse sont plus durables que les autres, Monseigneur.

Et tous deux s'embrassèrent en pleurant.

En marge de

« *Pantagruel* ».

Panurge marié

P ANURGE, ayant consulté les songes, les sorts virgiliens, la sibylle de Panzoult, Nazdecabre, Raminagrobis, Her-Tripa, Hippothadée, Rondibilis, Trouillogan, Bridoye et Triboulet, pour savoir s'il se devait marier, et n'en ayant reçu que des réponses obscures, équivoques ou fallacieuses, alla visiter l'oracle de la dive Bouteille, qui lui répondit par ce simple mot : « Trink ! »

— Voilà qui est clair, dit Panurge. Cela signifie évidemment que je dois continuer de boire, et même un peu plus que je n'ai accoutumé, et que je trouverai dans le vin plus de lumière que dans l'esprit des poètes, des sorcières, des théologiens, des philosophes, des juges, des médecins, des sages et des fous.

— Tu as raison, mon bedon, dit frère Jean des Entomeures. Mais il n'était pas nécessaire d'aller chercher si loin une réponse que le bon sens tout seul nous devait suggérer. Il est vrai que nous avons fait un beau voyage et vu d'étranges merveilles. Ainsi le chemin fut plus intéressant que l'arrivée, ce qui est chose commune ici-bas.

On rentra au pays de Touraine. Pantagruel donna à frère Jean une abbaye de bon rapport, et à Panurge une maisonnette entourée de vignes sur un coteau de la Loire.

Panurge, moitié pour obéir à l'oracle de Badbuc, moitié pour contenter son goût naturel, passait presque tout son temps à boire chez un cabaretier de la ville prochaine, tantôt de ce vin rouge de Bourgueil qui sent

la framboise, tantôt de ce vin blanc de
Vouvray qui sent jusqu'à la dernière goutte
le pressoir et la vendange et qui continue,
même en bouteilles, à vivre sa vie propre et
à subir l'influence du ciel et des saisons, tour
à tour sec et sucré, pétillant ou paisible,
suivant que là-haut, sur le sol piérreux, la
vigne sa mère porte des fleurs ou des grappes.

Le tavernier avait une fille, Javotte,
gorgiase, haute en couleur et de corps dru,
mais simple de propos, modeste de façons, et
qui paraissait aussi ignorante qu'un enfant
nouvellement né. Panurge l'aima et lui
signifia ses sentiments. Javotte, sachant qu'il
avait du bien, fit la niaise, afin de l'amener à
des propositions honnêtes. Le vin faisait à Panurge un cœur sensible. Puis il espérait de
cette abondance de chair mille plaisirs, et de
cette simplesse une parfaite sécurité conjugale.
Il offrit donc le mariage. Javotte et son père
y consentirent, à cause de la maisonnette et
de la vigne. Panurge et Javotte furent unis

dans la chapelle de l'abbaye. Frère Jean leur
fit une harangue toute fleurie de figures cicéro-
niennes, et dit à Panurge après la cérémonie :

— Tu l'as voulu, mon fils ! Et maintenant
je ne réponds de rien.

La noce fut joyeuse. On y mangea et on
y but incroyablement. Javotte y parut
soudain déniaisée et montra, dès les andouil-
lettes, un abandon inattendu.

Or Javotte était une sainte-nitouche qui,
depuis qu'elle était fille, n'avait rien su
refuser aux mariniers ni aux pèlerins qui
s'arrêtaient dans l'auberge de son père.

Panurge en eut, dès le premier soir, quelque soupçon. Il fit bon visage et ne cessait de
s'émerveiller, devant frère Jean, sur la
délicieuse ingénuité de Mᵐᵉ Panurge, ajoutant
qu'il n'y en avait peut-être qu'une dans tout
le pays de France, Orléans excepté, et qu'il
avait eu l'heur de tomber sur celle-là. Mais
au fond il n'était pas tranquille.

Un jour, il quitta subitement le cabaret

et rentra chez lui à l'improviste. Arrivé à la
porte de sa chambre, il entendit, avec la
voix de Javotte, une autre voix qui n'était
pas une voix de femme. Alors il réfléchit.

— Entrerai-je ? Si j'entre, je m'expose à
recevoir des coups. Voire, mais si je n'entre
pas, mon déshonneur, qui n'est peut-être
qu'ébauché en ce moment, sera sans doute
consommé.

Et, parce que la jalousie obscurcissait son
bon sens jusqu'à lui donner du courage,
Panurge entra. Il vit que le compagnon de sa
femme était frère Jean et que, selon toute
apparence, le moine n'était point venu là pour
faire oraison.

J'offenserais votre pudeur si je vous disais
de quelles injures furieuses Panurge salua
frère Jean, et par quelles insultes joviales
frère Jean lui répondit. Javotte pleurait dans
un pan de sa chemise. Panurge la voulait
battre, y trouvant moins de danger qu'à s'en
prendre au moine ; mais celui-ci, saisissant

son bourdon, commença d'en frotter les épaules de Panurge, et ce furent de tels cris que Pantagruel, qui tout justement passait près de là, entra dans la maison et s'enquit de l'affaire.

Lorsqu'il la connut :

— Buvons d'abord, dit-il.

— Volontiers, dit frère Jean.

— Tout de même, dit Panurge.

Javotte, ayant remis sa jupe, apporta du vin et remplit les gobelets.

— Ce qui arrive, dit frère Jean, ne pouvait être évité, et Panurge l'a fait à bien d'autres. Je bois à sa santé, car je n'ai rien contre lui.

Mais Panurge refusa de faire raison à frère Jean.

— Certes, je boirai, dit-il, mais non à la santé de ce maudit frocard. Voire, je demande qu'on lui tire l'âme du corps en la même manière qu'on tire l'eau d'un puits, c'est à savoir par le moyen d'une corde ; autrement dit qu'il soit pendu haut et court

pour avoir commis le détestable péché d'a-
dultère, plus détestable encore chez un
homme d'Église ; *item* pour avoir trahi son
fidèle et gracieux compagnon (c'est moi que
je veux dire) et méchamment accommodé
une tête qui lui devait être sacrée.

— Hou ! hou ! dit frère Jean, le mauvais
cœur, qui regrette que j'aie pris un peu de
plaisir avec sa femme ! En quoi t'ai-je fait
tort, mon bedon ? et, au surplus, ne t'avais-
je point prévenu le jour de ton mariage ? Or
je demande à mon tour que Panurge soit
fouetté sur les places et dans les carrefours
de la bonne ville de Chinon, pour avoir si peti-
tement festoyé sa femme qu'elle ait eu besoin
de consolations étrangères ; *item* pour l'avoir
ensuite voulu battre, par une violence également indigne d'un chrétien et d'un galant
homme.

Pantagruel vida son gobelet et dit ces mots
avec mansuétude :

— Assurément, frère Jean fut coupable ;

car, plus encore que les laïcs, un clerc est
tenu d'observer la continence. Et frère Jean
a encore aggravé son cas en usant de la
femme d'un ami, alors que tant de gouges
sont dans cette bonne ville, auxquelles il se
pouvait adresser, sinon sans péché, du moins
sans trahison. Mais je ne puis oublier d'autre
part que frère Jean a des vertus. Il a héroï-
quement défendu, à lui tout seul, le clos de
notre bonne abbaye de Sévillé, et, en toutes
occasions, sur terre et sur mer, dans la
bataille ou dans la tempête, je l'ai trouvé
constant et intrépide. En outre, il est bon :
il n'a dans ses plus vives plaisanteries d'autre
objet que de se réjouir et de réjouir les
assistants, mais non point de nuire à autrui
ni de lui causer quelque souffrance. Or le
courage et la bonté ne sont peut-être pas de
moindres vertus que la pudicité. Un philosophe païen dirait qu'elles sont même plus
utiles aux hommes. Non qu'il convienne d'en-
courager la paillardise : elle peut venir à tels

excès qu'elle endurcisse notre cœur et nous
rende mélancoliques et couards. On sait d'ailleurs que les bonnes mœurs, gardiennes de la
famille, sont, par là, un des meilleurs soutiens
de l'État. Mais enfin nous voyons que la sainte
Église elle-même, connaissant l'humaine
nature, n'est pas sans pitié pour les faiblesses
de la chair, pourvu que nous en ayons
quelque regret, mais qu'elle réserve ses plus
grandes rigueurs pour la méchanceté, l'ava-
rice, le mensonge et l'impiété. Nous ferons
comme elle, et nous absoudrons frère Jean,
à condition qu'il ne se glorifie pas de son
péché.

— Je ne m'en glorifie point, dit frère
Jean, car il fut facile et ne me coûta nul
effort. Mais au reste je suis tranquille : n'ai-
je pas les saintes indulgences ? J'en suis
marchand. Je n'ai qu'à m'en appliquer quelqu'une.

— Il n'en faut point rire, dit Pantagruel.
Laissons cela aux papefigues. Certes, il est

impie de croire que l'on se lave de tout péché
moyennant quelques sols donnés à des moi-
nes, mais il est excellent de penser que les
chrétiens vivants ou morts forment une vaste
famille, où les mérites des uns peuvent
suppléer à l'infirmité des autres, pourvu que
ceux-ci aient bonne volonté, car leur confiance au support que leur prêtent les saints
et leur reconnaissance envers eux est déjà
commencement de vertu.

— Mais, dit Panurge, si vous pardonnez à
ce frappart qui a commis si grand crime,
quel traitement me ferez-vous, à moi sa
victime innocente ? Au moins me donnerez-
vous en dédommagement quelque sac de
bons écus parisis ou ajouterez-vous à mon
petit vignoble quelque honorable lopin ?

— Rien du tout, répondit Pantagruel. Tu
es malheureux par ta faute. Si tu ne mérites
pas une autre peine que celle qui t'est venue
des choses elles-mêmes et de leur cours
naturel, tu ne mérites non plus aucun dédom-

magement. Tu as vicieusement choisi ta
femme. Un sage homme eût cherché une
fille « issue de gens de bien, instruite en
vertu et honnêteté, n'ayant fréquenté compagnie que de bonnes mœurs, aimant Dieu
et craignant de l'offenser par transgression
de sa divine loi, en laquelle est rigoureu-
sement défendu adultère et commandé adhé-
rer uniquement à son mari, le chérir, le
servir et uniquement l'aimer après Dieu ».
Mais tu n'as considéré dans Javotte que les
agréments de son enveloppe corporelle ; tu
n'as recherché dans le mariage qu'une paillardise assurée et commode, et tu as vu dans
cette institution vénérable, non l'union de
deux cœurs et de deux esprits et le devoir
et la douceur de former des enfants à la
vertu, mais l'avantage d'avoir toujours sous
la main une gouge obéissante. L'idée que
tu te faisais de l'hymen te prédestinait à
l'accident dont tu te plains. Le mariage était
chose trop sérieuse pour toi et dont tu étais

proprement indigne. Il est donné à tous maris
d'être cocus, mais non pas à tous d'être
trompés : cela n'est donné qu'à ceux qui
avaient droit de compter que leur femme
leur serait fidèle. Tel n'est point ton cas,
ami Panurge, et tu ne pouvais attendre
nulle foi d'une ribaude telle que me paraît
cette jolie Javotte. En sorte que l'on peut
dire que frère Jean t'a sans doute cocufié,
mais non précisément qu'il t'a trompé.

— Il se peut, dit Panurge; mais la façon
en est la même, et c'est la façon qui me
chiffonne.

— Seigneur, dit frère Jean, vous êtes trop
sévère pour le pauvre Panurge. Je vois que
son nez se fronce et qu'il est près de pleurer
comme un veau.

— Aussi n'ai-je pas tout dit, reprit Pantagruel. Panurge n'a aucune vertu ; il croit
faiblement à Dieu ; il n'a ni probité ni courage.
Mais il est gai à l'ordinaire, et fertile en
inventions folâtres. Il figure auprès de moi la

Moquerie et l'Ironie, qui sans doute sont
choses fort mauvaises lorsque l'on s'y tient,
mais auxquelles il est quelquefois bon que le
sage réserve en lui-même une petite place,
dans la crainte de dogmatiser avec trop de
raideur. Enfin Panurge m'a toujours témoigné
une sorte d'affection à laquelle je suis sensible.
Aussi ne lui retiré-je point mon amitié. Il
serait vraiment injuste de le mésestimer ou
de le moins chérir parce qu'il est cocu. Je
lui ai dit la vérité ; mais, de même que, malgré tout, je l'aimais paillard, je l'aime aujourd'hui cornifié.

— Grand merci ! dit Panurge avec une
grimace.

— Quant à toi, ma fille, dit Pantagruel
en se tournant vers Javotte...

Mais, à ce moment, Javotte, émue par le
discours de Pantagruel, encore qu'elle n'y
eût rien compris, et touchée de voir Panurge
malheureux pour la première fois, se jeta
tout en larmes aux pieds de son mari, et, se

frottant contre lui et lui faisant mille caresses, elle criait qu'elle était une misérable, mais non point une femme sans cœur, qu'elle avait de la religion tout comme une autre, et qu'on le verrait bien, et que Panurge serait désormais le plus heureux des hommes.

— Qui sait? dit Pantagruel.

— Buvons! dit frère Jean.

En marge de

« Don Quichotte »

Dulcinée

 DEUX lieues du bourg d'Argamasilla, patrie de ce don Quijano qui devint illustre sous le nom de don Quichotte, vivait, au bourg de Toboso, Aldonsa Corcuelo, fille de laboureurs honnêtes et aisés. C'était, comme le dit Cervantès, une « villageoise avenante ». Elle ne savait ni lire ni écrire, mais elle avait de l'esprit naturel, du bon sens et un excellent caractère.

Les communications entre les deux villages n'étant point des plus fréquentes, Aldonsa ignorait le départ et les bizarres

comportements de don Quichotte, lorsqu'elle
vint un jour à Argamasilla pour quelques
emplettes. Elle y rencontra, sur le marché,
Thérèse Pança, qu'elle connaissait un peu.

— Dame Dulcinée, je vous salue, dit en
riant la femme de Sancho.

— Pourquoi, dit Aldonsa, m'appelez-vous
d'un nom qui ne me fut point donné au saint
baptème ?

— Parce que le maître de mon mari vous
a ainsi rebaptisée, répondit Thérèse.

Et elle raconta à la jeune fille que don
Quijano, leur voisin, s'était fait chevalier
errant sous le nom de don Quichotte, qu'il
avait pris Sancho pour écuyer, et qu'il avait
choisi pour dame Aldonsa et lui avait donné
le nom de Dulcinée du Toboso.

— Mais pourquoi m'a-t-il choisie ? dit
Aldonsa. Il me connaissait donc ?

— Il vous a vue au Toboso quand vous
aviez seize ans, et il avait commencé d'être
amoureux de vous. Mais il doute que vous

vous en soyez aperçue et que vous l'ayez même regardé.

— Je n'en ai, dit Aldonsa, aucun souvenir. Mais, Thérèse, qu'est-ce que cela, un chevalier errant ?

— Le seigneur don Quichotte dit que c'est un chevalier qui va par le monde pour défendre ceux à qui l'on a fait tort.

— Cela n'est point mal pensé, dit la jeune fille.

— Il explique aussi, continua Thérèse, qu'un chevalier errant doit combattre les mauvais princes, les géants et les nécromanciens, et faire proclamer par tous ceux qu'il rencontre qu'il n'y a pas de plus belle femme que la dame de ses pensées.

— Cela, c'est gentil.

— Enfin, il dit qu'un chevalier errant doit conquérir des royaumes. Il a promis à Sancho de le nommer gouverneur d'une province.

— Au moins, dit Aldonsa, le seigneur don Quichotte a bon cœur.

— C'est, à la vérité, le meilleur des hommes. Savant avec cela, et parlant mieux que le curé. Le malheur, c'est qu'il n'a pas le jugement bien solide. Pour commencer, il s'est fait armer chevalier par un aubergiste. Puis il s'est fait rouer de coups par des muletiers qu'il voulait forcer à reconnaître en vous, dame Dulcinée, l'impératrice de la Manche.

— Le pauvre homme ! dit Aldonsa, touchée.

— Après quoi, il s'est avisé de prendre des moulins à vent pour des géants, une hôtellerie pour un château, un plat à barbe pour le casque d'un certain chevalier d'autrefois, du nom de Mambrin, et vingt autres sottises qui lui ont valu Dieu sait quelles avanies ! Finalement, il s'est retiré dans un désert de la Sierra pour pleurer à son aise sur vos cruautés et expier le crime de vous avoir déplu.

— Comment cela se pourrait-il, puisque

je ne l'ai jamais vu et qu'il m'a faite sa dame
sans m'en prévenir ?

— Je ne sais pas, ma fille. Mais c'est Sancho qui nous a conté tout cela il y a quelques
jours. Son maître l'avait chargé de vous porter une lettre...

— Et pourquoi ne me l'a-t-il pas portée ?

— Parce qu'il l'a perdue.

— Je le regrette, dit Aldonsa.

Oh ! dit Thérèse, ce n'est point une grande
perte. Sancho en avait retenu quelques phrases où nous n'avons rien compris. Voyez-
vous, le pauvre seigneur a le timbre brouillé
par de certains livres qu'on appelle romans de
chevalerie, à cause que ce sont des histoires
de chevaliers. Le curé Pero Perez et le barbier d'ici, maître Nicolas, en ont fait l'autre
jour un grand feu de joie.

— Et qu'y avait-il dans ces livres ?

— Des sottises.

— Est-ce qu'ils les ont tous brûlés ?

— Maître Nicolas en a, je crois, gardé

quelques-uns pour s'en amuser à l'occasion
et en faire des risées. Car ce ne sont que
balivernes.

— Voudrait-il bien m'en prêter un ou
deux ? demanda Aldonsa en rougissant. Le
barbier de chez nous, qui est habile homme,
me les lirait.

— Eh bien ! donc, si c'est votre idée,
nous allons passer chez maître Nicolas.

.•.

Aldonsa revint songeuse chez ses parents.
Maître Nicolas lui avait confié *Amadis de
Gaule* et *Don Bélianis*, auxquels le curé Perez
avait épargné le bûcher. Et, le dimanche,
elle s'en faisait lire des passages par le barbier du Toboso.

Comme elle était fille de bon sens, elle ne
croyait point aux exploits miraculeux ni aux
enchantements rapportés dans ces livres.
Quant aux discours, ils lui étaient bien sou-

vent inintelligibles, à cause de leur subtilité
et de leur pédanterie. Toutefois elle en sentait confusément la noblesse et la générosité.
Elle apprit à lire en fort peu de temps, afin
de se divertir, quand il lui plairait, à ces histoires imprimées. Parmi tout cela, elle continuait d'être une bonne ménagère et une
bonne travailleuse. Mais on remarquait que
ses manières étaient plus polies qu'auparavant, que dans les conversations elle n'exprimait que des pensées honnêtes, et qu'elle
aimait à protéger selon son pouvoir ceux à
qui l'on faisait quelque injustice. Une fois
même elle reçut des pierres en défendant
une idiote que tourmentaient de mauvais
enfants.

Puis, à voir de quelles adorations, dans les
livres de chevalerie, les chevaliers entourent
les dames qu'ils ont élues, il lui semblait singulier et il ne lui paraissait pas désagréable
d'être une de celles-là. Elle songeait que
quelque part sur les chemins de la Manche,

chaque jour et presque à toute heure, elle
était invoquée et glorifiée par un bizarre
hidalgo, de peu de jugement sans doute,
mais savant, généreux et brave, et cette pensée la faisait sourire, avec moins de moquerie que d'attendrissement.

Sans devenir aucunement coquette ni dé-
pensière, elle était de plus en plus soigneuse
de ses humbles habits, et le dimanche, à la
messe, elle avait vraiment bon air à force de
propreté, et parce que sa robe lui allait bien
et qu'elle en savait relever la simplicité par
des ornements ingénieux et modestes.

.*.

Un jour, elle s'en fut trouver à Argamasilla le curé Pero Perez.

— Monsieur le curé, dit-elle en souriant,
je suis Dulcinée du Toboso.

— Ah ! dit le curé, c'est donc toi la petite
Aldonsa Corcuelo ? Je n'ai jamais entendu

sur toi que de bons propos, ma fille. Qu'y a-
t-il pour ton service ?

Elle l'entretint du seigneur don Quichotte
et le questionna longtemps sur le caractère,
les mœurs et les aventures du vaillant hidalgo.

— Tu es bien curieuse, petite. L'orgueil
d'avoir été choisie pour dame par ce pauvre
fou t'aurait-il fait tourner la tête ?

— Je ne suis pas si sotte, Monsieur le curé.
Mais vous reconnaissez vous-même que sa
folie est d'un brave homme ; et, puisqu'il lui
est tombé dans la cervelle de me choisir pour
maîtresse, il me semble que j'ai le devoir
de lui faire quelque bien, si je puis, en me
servant de l'empire qu'il m'accorde géné-
reusement sur sa personne. S'il rentre un
jour à Argamasilla, voudrez-vous lui dire
que Dulcinée du Toboso désire le voir et lui
parler ?

— Il est certain, dit le curé, que, sage et
fine comme tu es, tu pourrais, Dieu aidant,

avoir quelque utile influence sur l'esprit de ce digne seigneur.

Le curé rapporta cette conversation à maître Nicolas, puis à la nièce et à la gouvernante de don Quichotte, et ils convinrent ensemble d'envoyer le bon chevalier chez Aldonsa la première fois qu'il rentrerait au pays.

.

Cela ne tarda point. Ce fut au second retour de Don Quichotte, à la suite de sa grande bataille contre les pénitents qui portaient en procession une statue de la Vierge et qu'il prit pour des malandrins enlevant de force une noble dame.

Don Quichotte avait été tellement meurtri par les porteurs de l'image, qu'il garda le lit plusieurs semaines, vêtu d'une chemisette de serge verte et coiffé d'un bonnet rouge de Tolède. Quand il alla mieux, on lui dit que

Dulcinée lui ordonnait de comparaître devant elle et qu'elle l'attendait dans sa maison
du Toboso.

Il en témoigna moins de joie qu'on ne l'eût
attendu. Peut-être que, dans le fond, il lui
était plus commode de n'avoir jamais vu la
maîtresse idéale qu'il ornait à son gré de
toutes les perfections. Mais, fidèle aux lois
de l'amour chevaleresque :

— J'obéirai, dit-il, à l'incomparable Dulcinée, dussent mes yeux être soudainement
frappés de cécité par l'excessif éclat de sa
beauté surhumaine.

Aldonsa l'attendait dans la cour de la
ferme. Elle avait mis sa meilleure robe,
portait un collier de corail, une rose au-dessus
de l'oreille, et avait piqué dans ses cheveux
quelques verroteries. Et, quoique simple
paysanne et de plus de fraîcheur que de
beauté, elle était ainsi fort plaisante à voir.

Don Quichotte arriva, monté sur Rossinante. Sa cuirasse était plus bossuée qu'un

antique chaudron ; ses moustaches mena-
çaient le ciel, et ses yeux étincelaient sous le
plat à barbe qui lui servait de casque et que
dépassait son nez impérieux. Et les longues
jambes du héros, ses coudes aigus, sa lance,
son épée, formaient, avec les jambes et l'échine
sèche de Rossinante, une figure anguleuse et
compliquée comme le paraphe d'un grand
d'Espagne.

Sancho le suivait sur son grison.

En voyant reluire au soleil les tuiles neuves
de l'étable, don Quichotte s'écria :

— Voici donc le magnifique palais de ma
princesse ! Jamais Sémiramis, ni Cléopâtre,
ni l'infante Micomicona, ne furent si royale-
ment logées !

Il entra dans la cour et vit Aldonsa sur le
seuil de la maison. Alors, descendant de cheval, il alla s'agenouiller devant elle.

— Dame de mes pensées, dit-il, eussé-je pu
croire que vous daignassiez souhaiter ma
présence, et que cette joie me fût octroyée de

contempler de près votre céleste beauté ?
Soyez bénie, ô reine, pour cet insigne témoi-
gnage de votre miséricorde envers votre es-
clave !

Aldonsa allait répondre ; mais don Quichotte se tournant vers son écuyer :

— Ami Sancho, remarques-tu la splen-
deur de ses vêtements, l'incroyable éclat de
son diadème, et ce collier de pierreries pour
lequel il semble que l'industrie des hommes
ait épuisé les mines de Golconde ?

— Il est vrai, dit Sancho, à qui on avait
fait la leçon et qui était résolu à ne point
contredire son maître ce jour-là.

— Vos paroles sont obligeantes, illustre
seigneur, répondit Aldonsa. Mais regardez
avec plus de soin. Ma robe est fort propre,
mais elle n'est que de ratine assez ordinaire.
Ce ne sont que perles de verre que j'ai pi-
quées dans mes cheveux, et ce collier n'est
que du corail, et de peu de prix... Regardez,
seigneur... Il faut regarder... Votre esprit,

tout occupé de grandes idées, vous fait voir quelquefois les choses autrement qu'elles ne sont.

— Elle veut m'éprouver, Sancho, fit don Quichotte d'un air entendu.

— Vous ne vous y laisserez pas prendre, répondit l'écuyer.

Mais don Quichotte fit tout à coup paraître sur son visage les signes de la plus profonde affliction, et, comme s'il se ressouvenait d'une chose qu'il était convenable de dire :

— Pourquoi faut-il, ô belle ingrate, ennemie aimée, que le palais merveilleux de ton corps ait pour hôtesse une âme impitoyable, en sorte que mon cœur, déchiré par les pointes de ton dédain, n'est plus qu'une plaie saignante, que je ne puis plus supporter une vie qui te déplaît et que, le jour où je la terminerai, j'aurai satisfait à la fois ta cruauté et mon désir ?

— Moi, cruelle ? dit Aldonsa. En ai-je l'air, seigneur ? Et comment la fille du labou-

reur Corcuelo dédaignerait-elle un noble
chevalier ?

— Elle méprise mes feux ! poursuivit plain-
tivement don Quichotte sans l'écouter. Et
cependant, pour elle, j'ai vaincu les géants,
délivré les captifs et les dames persécutées,
souffert la faim, la soif, la fatigue et l'insom-
nie, rempli le monde du bruit de mes travaux et égalé la renommée d'Amadis, d'Es-
plandian et de Bélianis !

— Je le sais, seigneur. Mais relevez-vous,
je vous prie, dit Aldonsa en lui touchant
l'épaule... Bien... Regardez-moi maintenant,
et écoutez-moi. Je suis votre dame, n'est-ce
pas ?

— Tout l'univers en est informé.

— Vous me devez donc obéissance ?

— De corps, de cœur et d'esprit.

— Eh bien ! seigneur, n'avez-vous pas présentement assez fait pour votre gloire ? Elle
est telle que rien ne saurait plus l'augmenter.
Ne serait-il pas temps de prendre un peu de

repos ? Au reste, soit à Argamasilla, soit
dans les environs, vous trouverez assez d'occasions de défendre les faibles et les opprimés. Demeurez, seigneur, dans votre ville.
Votre dame vous en saura gré. Votre dame
vous le commande.

— Est-ce vous qui parlez, princesse ? s'écria
don Quichotte avec un étonnement douloureux. Pour redresser les injustices commises
dans ma cité, le curé Perez et quelques bonnes
gens suffiront. Un chevalier se doit à de plus
grands labeurs et à la réparation de torts
plus éclatants. Le monde entier le réclame et
la souffrance universelle l'appelle à son secours. Si vous avez exprimé votre véritable
pensée, c'est donc que vous n'êtes plus celle
que j'ai choisie, c'est donc que vous n'êtes
plus l'irréprochable Dulcinée, tout de même
que Dieu ne serait plus Dieu s'il commandait
aux hommes l'injustice ou l'impudicité...
Ah ! Sancho, elle veut m'éprouver encore.
Dis-moi qu'elle veut m'éprouver. Il faut que

je le croie, sans cela je deviendrai fou.

Aldonsa sourit à ce mot. Mais, voyant des larmes dans les yeux de don Quichotte, elle reprit doucement :

— Oui, seigneur, ce n'était qu'une épreuve. Je sais bien qu'Argamasilla est un trop petit endroit pour votre courage. Mais voulez-vous écouter du moins quelques avis de votre dame ? Souvent votre héroïsme vous emporte et vous fait oublier que les apparences peuvent être trompeuses. Au moment de combattre des géants, de secourir des opprimés ou de délivrer des prisonnières, ne serait-il pas sage de vous assurer que ce sont en effet des géants, des opprimés et des captives ? Je voudrais que votre discernement fût célèbre à l'égal de votre vaillance... Et puis, je vous dirai tout, quoiqu'il en coûte à ma pudeur. L'idée de vos périls me jette dans une inquiétude que vous ne pouvez concevoir. Et quand je vous conseille quelque prudence —oh ! dans la mesure où l'honneur vous le

permettra — ce n'est pas seulement à vous
que je songe... mais aussi à moi, qui suis
faible et qui vous aime.

— Quoi ! vous daignez... O douceur divine ! ô mansuétude inexprimable !... Mais
réfléchissez, chère Dulcinée, que, si cette
timidité est charmante chez une femme, elle
ne saurait être convenable à un chevalier
errant.

— Aussi ne vous demandé-je point d'être
timide, mais avisé, c'est-à-dire de mettre au
service des faibles non seulement votre
force et votre courage, mais le merveilleux
esprit dont le ciel vous a doté. Me le pro-
mettez-vous ?

— Je vous le promets, noble dame. A
cause de vous, je joindrai à la fougue d'A-
chille la prudence d'Ulysse, encore que j'aie
peu de goût pour cette vertu de clerc ou de
marchand. Mais je vous veux signifier par
une soumission sans limites que je suis par-
faitement à vous. O suave Dulcinée, j'avais

pensé jusqu'à présent que les circonstances
m'amèneraient peut-être à épouser, avec
votre congé et sans que vous cessiez de régner
sur mon cœur, la fille de quelque roi puissant dont j'aurais sauvé le royaume. Mais je
ne veux dorénavant d'autre épouse que vous,
et je viendrai, à mon retour, vous demander
cette main que je vais mériter par de nouveaux exploits.

— Au revoir donc, mon chevalier, et sou-
venez-vous des paroles de votre Dulcinée.

*
* *

Le curé Perez et le barbier Nicolas, cachés
derrière le mur de la cour, avaient entendu
cette conversation, dont ils se montrèrent
fort satisfaits. Ils rejoignirent don Quichotte
et son écuyer, et tous quatre s'en retournèrent
à Argamasilla.

— Ami Sancho, dit don Quichotte en che-
minant, il faut avouer que cette illustre prin-

cesse n'est pas moins remarquable par sa
raison que par ses autres qualités. La plus
sublime sagesse éclate dans ses moindres
propos.

— Elle n'a dit, répliqua Sancho, que ce
que je me tue à vous dire moi-même depuis
longtemps. Mais Votre Grâce ne voulait pas
me croire, parce que je ne suis qu'un pauvre
écuyer et que je n'ai point la douce voix ni la
riche parure de Madame Dulcinée. Il n'est pire
sourd que celui qui ne veut pas entendre ;
l'habit ne fait pas le moine, mais il le recom-
mande ; quand l'évêque éternue, c'est parole
d'évangile ; mensonge de roi pèse plus que
vérité de gueux, et la femme qu'on aime a
toujours raison.

— Il est véritable, Sancho, que tu m'as dit
parfois grossièrement ce que Dulcinée vient
d'exprimer avec des grâces non pareilles.
Cela me donne assez bonne opinion de ton
jugement. A l'avenir, je ferai quelque état de
tes conseils. Ou plutôt je n'en aurai nul be-

soin. Tout en continuant de manier sans peur
la lance ou l'épée, je daignerai être prudent
et je consentirai à surpasser en stratagèmes
le rusé Sinon et l'artificieux Pinabel, car qui
peut le plus peut le moins.

Le curé et le barbier se réjouirent de ce
discours qui leur faisait espérer la guérison
de leur ami.

Mais, peu de jours après, don Quichotte
partit pour sa troisième expédition, où l'on
sait qu'oubliant ses sages desseins, et son
imagination reprenant sur lui le souverain
empire, il se signala derechef par d'inépui-
sables extravagances.

* *

Aldonsa venait de temps en temps chez le
curé Perez ou chez Thérèse Pança s'infor-
mer du bon chevalier. Mais ils n'en avaient
point de nouvelles, et la jeune fille s'en retournait au Toboso plus triste chaque fois.

Or elle avait pris peu à peu les façons d'une

demoiselle, et les amoureux ne lui man-
quaient pas.

Un jour, le fils d'un riche fermier, garçon
de bonne mine et pour qui elle avait secrètement tendresse de cœur, la demanda en
mariage.

— Mon ami, dit-elle avec un soupir, vous
n'ignorez pas que le pauvre seigneur don
Quichotte m'a choisie pour dame. Quand il
m'est venu voir, il m'a dit qu'à son retour il
me demanderait ma main. Je n'ai point répondu ; mais, comme il a beaucoup d'imagination, il se figure sans doute que je lui ai
engagé ma foi, encore qu'il n'en soit rien.
Or je ne voudrais point lui faire de peine. Je
vous supplie donc d'attendre. Combien de
temps ? je ne sais...

*
* *

Lorsqu'enfin don Quichotte, condamné par
son vainqueur, le chevalier de la Blanche
Lune, a demeurer en repos toute une année,

rentra pour la troisième fois dans son village, il n'était plus que l'ombre de l'ombre
qu'il avait été.

Soit à cause de la mélancolie qu'il ressen-
tait d'avoir été vaincu, soit que l'idée de rester si longtemps oisif lui fût insupportable,
soit parce que le ciel l'ordonnait ainsi, il fut
pris de fièvre et dut bientôt s'aliter.

Aldonsa, avertie par Thérèse, ne tarda pas
à accourir. Elle avait la même robe et les
mêmes parures que le jour de sa rencontre
avec don Quichotte.

Elle s'approcha du lit, et, se prêtant à ce
qu'elle croyait toujours être la fantaisie du
bon chevalier :

— Seigneur, dit-elle, voici votre Dulcinée.
Elle vous attendait, et elle ne vous refusera
pas sa main dès que vous irez mieux. Car
Dieu ne voudra pas se priver encore d'un
serviteur tel que vous, et, dans moins d'une
année, vous reprendrez le cours de vos bien-
faisantes prouesses.

Le bon chevalier, dont la mort proche avait débrouillé le cerveau, regarda la jeune fille, et pour la première fois ses yeux exprimèrent la tendresse.

Il sourit, et pour la première fois son sourire exprima l'ironie et le détachement.

— Hélas ! dit-il, ces prouesses n'étaient que folies ; Dieu me fait la grâce de le voir présentement.

— Folies généreuses, dit Aldonsa surprise. Si le succès en fut quelquefois douteux, le principe en était beau. Elles m'ont touché le cœur et élevé l'esprit.

— Chère Aldonsa, reprit don Quichotte, je te remercie d'être venue... Si j'avais pu être guéri de mes visions, je l'aurais été par toi. Tu es la seule créature qui ait su me dire la vérité avec douceur... Approche, mon enfant... Soulève-moi un peu la tête, car je ne respire plus qu'avec peine... Il me sera doux de mourir sur ton cœur.

La jeune fille obéit, et, quelques moments après, don Quichotte expira entre les bras de Dulcinée.

En marge de

Madame de Sévigné

Mère et fille

La marquise de La Troche à la comtesse de Guitaut.

15 juin 1677.

Vous me dites qu'on ne parle que de la brouille de Mme de Sévigné et de sa fille, et du brusque départ de Mme de Grignan, après cinq mois de séjour à Paris, quand elle y devait passer toute l'année. Mais, ma bonne, il ne s'agit point de brouille : c'est quelque chose de bien plus compliqué, à cause du trop d'esprit de ces deux personnes si distinguées. Je le sais, car j'ai

pu assister à la comédie presque jour par
jour, étant assez avant dans l'intimité de
Mme de Sévigné, et n'y ayant point de semaine
où je ne la rencontre plusieurs fois, soit chez
elle, soit dans les compagnies.

A vrai dire, il est difficile à une mère et à
une fille de se ressembler aussi peu : l'une,
gaie, franche, ouverte, tout son cœur et toute
sa pensée sur sa figure ronde et dans ses yeux
clairs ; libre et même gaillarde à l'occasion ;
l'autre froide, concentrée, précieuse dans ses
propos et réservée jusqu'à la pruderie, et qui
craindrait de déranger sa beauté par des mouvements trop vifs.

J'étais là quand la comtesse arriva à Paris.
Mme de Sévigné se jette sur elle en affamée ;
et des baisers, et des caresses, et des larmes,
et de petits cris. La fille en était tout étourdie
et ne savait que dire : « Eh ! là, ma mère...
eh ! là... » Et l'autre de recommencer, et la
fille de se reculer en fronçant les sourcils, et
la pauvre mère de lui demander pardon, pen-

dant que la « Beauté » rajustait sa coiffure.
Évidemment, ces transports lui semblaient
un peu grossiers, et, s'il lui plaît d'être adorée,
elle le voudrait être moins bruyamment.

Jamais on n'a vu que leurs sentiments
tombassent d'accord sur aucun objet. Une
après-dînée, on parlait de la poésie épique et
des poèmes d'Homère. Mme de Grignan, qui
se pique de n'aimer que la philosophie et la
raison, ne cacha pas son dédain pour ce
qu'elle appelait des fictions enfantines. La
discussion s'échauffa, et la marquise finit par
dire : « Ah ! pauvre esprit qui n'aimez pas
Homère ! Les beautés naturelles ne vous
touchent point ; il vous faut du clinquant ou
des petits corps » (car vous savez que Mme de
Grignan est entêtée des livres de M. Descartes et qu'elle l'appelle même son père).
La fille ne répond rien, mais fait sa figure
de déesse offensée ; la mère pâlit en la voyant,
ses yeux se remplissent de terreur, et elle se
jette aux pieds de l'idole en criant : « Vous

savez bien que je ne suis qu'une bête et qu'il
ne faut pas faire attention à ce que je dis. »
Même scène, une heure après, à propos de
M. Corneille et de M. Racine; et c'est ainsi
vingt fois le jour, sur des riens, sur un ruban,
une cornette, une mouche, sur les familiarités
de Mme de Sévigné avec la Mongobert, la
femme de chambre de la comtesse, sur ce
que la marquise devient un peu négligente sur
soi, ou sur ce qu'elle aime trop les pieds et la
fraise de veau, ou sur les saillies et les pétarades de belle humeur qu'il lui est impossible de retenir. Un soir, le bonhomme
Ménage vint la saluer, qui fut jadis son
maître de latin et très amoureux d'elle, et
dont elle a fait son ami et son confident. Elle
le baisa sur les deux joues; et comme la comtesse en parut choquée : « On baisait comme
cela, dit Mme de Sévigné, dans la primitive
Église. » Et, un peu après, sans doute pour
se rattraper, Ménage lui disant : « J'ai été
votre martyr; je suis, à cette heure, votre

confesseur. — Et moi, répondit-elle, votre vierge. » Là-dessus, grimace sévère de la comtesse, et confusion de notre amie qui demeura silencieuse jusqu'à ce qu'il lui vînt quelque autre gaillardise.

Je me souviens d'un soir que l'on parla de Marie-Blanche, cette enfant que sa grand'-mère, Mme de Sévigné, a élevée avec tant de tendresse et qu'elle appelait sa pataude et ses petites entrailles. Marie-Blanche a cinq ans et demi, et sa mère vient de la mettre au couvent de Sainte-Marie-de-la-Visitation, à Aix, dans la pensée qu'elle y prendra le voile dès qu'elle aura quinze ans ; car il faut bien soulager la maison, qui est lourde, et réserver à l'héritier du nom des Grignan tout ce qu'on aura pu sauver de la ruine. Mme de Sévigné ne peut penser à sa petite-fille sans avoir le cœur serré. Elle le montra un peu trop ; elle dit à Mme de Grignan : « Aimez bien ma pataude ; ayez-en pitié. — Pitié ? mais elle n'est pas à plaindre ; elle deviendra raisonnable. »

La marquise, qui est une mère si tendre, s'indigne intérieurement contre la dureté de sa fille, et elle n'ose le dire ; mais la comtesse le devine et s'en offense. Ainsi, outre les petites querelles de chaque jour, mille sentiments inexprimés séparent la plus aimante des mères et la plus respectueuse des filles.

Enfin Mme de Grignan, à ce dernier voyage, n'avait plus sa fraîcheur ni son embonpoint d'autrefois. Le climat de la Provence, qui lui est fort contraire, et six couches en neuf ans l'avaient apparemment épuisée. Elle avait les joues creuses, la voix faible, et toujours froid aux jambes. Mme de Sévigné ne sut pas assez cacher son chagrin et ses tourments. Mme de Grignan ne voulait pas avouer qu'elle fût malade. Je crois que celle qui fut « la plus jolie fille de France » y mettait de l'orgueil. C'est un peu la faute de la mère, qui l'a toujours accoutumée à se regarder elle-même comme une déesse. Or les déesses ne peuvent être sujettes à la maladie. Lorsque Mme de Sévigné

lui demandait des nouvelles de « ses pauvres
jambes froides et mortes », il semblait à
Mme de Grignan qu'on l'insultât. Les soins
continuels, bruyants et excessifs de la mère
irritaient la fille; et les dénégations de celle-
ci et son air de froideur et de résignation
martyrisaient la mère. Notre amie finit par
se mettre en tête que sa fille la détestait, et
Mme de Grignan par juger sa mère un peu
folle. C'était pitié. Une fois, dans une heure
un peu plus apaisée, Mme de Grignan lui dit :
« Mon cœur pour vous est tel que vous le
souhaitez et que vous ne le croyez pas. »
Mme de Sévigné répondit : « Il est tel que je
le souhaite et que je le crois; mais je vous
supplie de me le dire un peu plus souvent. »
Sur quoi elle fondit en larmes.

Tous leurs amis leur disaient : « Vous vous
faites mourir toutes deux, il faut vous séparer.»
Elles l'ont elles-mêmes compris. La comtesse
est repartie pour Grignan, et la marquise s'est
réfugiée chez moi, à la campagne. Elle écrit

à sa fille des lettres passionnées, elle en
reçoit de convenables, et tout va à peu
près.

Corbinelli, qui est avec nous, me faisait
tantôt cette réflexion : « C'est très bien ainsi.
Notre amie, belle, bien portante, d'un sang
vif, et veuve à vingt-six ans, aurait pu faire
des sottises. L'amour maternel l'a préservée,
en occupant toute sa vie. Il l'occupe d'autant
mieux que la pauvre femme n'est guère aimée
de sa fille : car, alors, la peur de lui déplaire
et la nécessité continuelle de la conquérir
tiennent son amour en haleine et l'empêchent
de songer à autre chose. Mais, pour que cet
amour n'ait pas de désillusions, il est bon
que l'objet en soit éloigné : les deux cents
lieues qui séparent notre amie de sa pédante
de fille lui permettent de l'embellir plus aisément, d'adorer sans trouble l'image qu'elle
s'en forme, et de ne se point brouiller avec le
modèle. On sait d'ailleurs que la représen-
tation de l'objet idolâtré exerce mieux les

puissances de l'âme que ne ferait sa présence réelle ».

Et je pense que Corbinelli a raison...

La même à la même.

Ma bonne, voilà bientôt deux mois que je suis à Grignan avec Mme de Sévigné. C'est notre amie qui m'avait priée d'y venir. Sans doute la mère et la fille, en vieillissant, ont appris à se mieux supporter l'une l'autre et à se moins faire souffrir ; mais la marquise préfère cependant que je sois entre elles deux pour amortir les chocs au besoin et parce que, dit-elle, j'ai bon caractère, que je m'accommode de tout et que cela leur est d'un bon exemple.

La grande nouvelle, ici, est que les Grignan viennent de marier leur fils, le marquis, avec la fille d'un fermier général, M. de Saint-

Amant, qui avait une commission à Mar-
seille pour les vivres. Sa fille aînée a dix-
huit ans; jolie, aimable, sage, bien élevée,
raisonnable au dernier point. On a cru qu'un
tel parti serait bon pour soutenir les gran-
deurs de la maison de Grignan, qui n'est
point sans dettes. M. de Saint-Amant a
donné 400.000 francs comptant et pour plus
de 50.000 francs de linge, d'habits, de den-
telles et de pierreries. Mme de Sévigné a pris
la mésalliance avec beaucoup de simplicité,
comme elle fait toutes choses. Elle s'en tirait
par un couplet du bon Coulanges :

> D'Adam nous sommes les enfants,
>   La preuve en est connue,
> Et que tous nos premiers parents
>   Ont mené la charrue.
> Mais, las de cultiver enfin
>   La terre labourée,
> L'un a dételé le matin,
>   L'autre l'après-dînée.

Mais la pilule a semblé amère à Mme de
Grignan, et elle l'a trop laissé voir. Elle traitait

sa future bru avec une condescendance si
hautaine que Mlle de Saint-Amant, quoique
fine et éveillée, en demeurait stupide. M. de
Grignan, bon homme, mais vieux, laid et un
peu rude, faisait aussi grand'peur à cette
pauvre enfant. Par bonheur, le petit Grignan
en paraissait suffisamment amoureux. Mais
surtout Mme de Sévigné s'était prise d'amitié
pour elle, la caressait, la faisait parler, et
tâchait de lui donner de l'assurance. .

Le mariage a été célébré, le 2e de janvier,
dans une grande magnificence. Toute la noblesse de la province y était. Il y eut encore
force visites les jours suivants. Mme de Grignan,
en leur présentant la nouvelle mariée, en
faisait des excuses et, avec ses minauderies,
en radoucissant ses petits yeux, disait qu'il
fallait bien de temps en temps du fumier sur
les meilleures terres. Cela, entre haut et bas,
et devant sa bru. Il arriva que la pauvre
enfant entendit ce méchant mot. Elle sortit
brusquement et fut trouver Mme de Sévigné,

qui était à cette heure au jardin dans un
cabinet de verdure. Sa grande amie, la voyant
toute bouleversée, l'interrogea, la confessa,
pleura avec elle ; et, comme cela dura un assez
long temps, Mme de Grignan, sa compagnie
congédiée, vint au jardin, les aperçut sous
cette charmille, tout en larmes et dans les
bras l'une de l'autre, et passa en feignant de ne
pas les voir. J'en craignais dans la suite quelque explication pénible ; mais il n'en fut plus
question.

On dit seulement que M. de Saint-Amant,
qui s'était laissé persuader de payer les dettes
des Grignan, ayant appris le mot de la comtesse, a fermé le robinet... :

La même à la même.

Grignan, 19 avril 1696.

Mme de Sévigné est morte, et dans quelles
tristes circonstances !

J'avais quitté Grignan un peu après le
mariage. Lorsque j'y suis revenue il y a trois
semaines, j'y ai trouvé Mme de Grignan fort
malade d'une fièvre de langueur, et qui ne
pouvait plus sortir de sa chambre. Mme de
Sévigné était autour d'elle jour et nuit, et
peut-être que son inquiétude et son chagrin,
qu'elle ne pouvait contenir, aggravaient encore
l'état de la malade. Enfin, le tourment qu'elle
se donnait, sa grande fatigue et l'échauffe-
ment de son sang firent que notre pauvre
amie fut elle-même atteinte de la petite
vérole. Je la soignai avec la bonne Mongobert. Mme de Grignan était d'autant plus ri-
goureusement condamnée à garder la chambre,
que l'on craignait pour elle la contagion dans
l'extrême affaiblissement où elle était. Mais
elle s'informait exactement de sa mère et,
quand elle la sut en danger, elle dit qu'elle
l'irait voir. Mme de Sévigné, à qui je le rappor-
tai, répondit : « Je ne veux pas qu'elle vienne,
car elle prendrait mon mal. » Je transmis

cette réponse à Mme de Grignan, qui n'insista
pas davantage. Je dis alors à Mme de Sévigné
que sa fille avait persisté à la vouloir visiter,
mais qu'elle avait été trahie par ses forces.
Notre amie parut me croire. Elle dit seulement : « Ainsi, je ne la reverrai pas. »

Elle envisagea la mort avec une constance
admirable. Le dernier jour, comme j'étais
seule auprès d'elle, elle dit en paroles entre-
coupées, sans me regarder, et comme si elle
se confessait : « Pauvre Maguelonne !... Je
l'ai bien ennuyée pendant ma vie. C'est que
je n'avais qu'elle au monde. Mais enfin je la
délivre... Je l'ai trop aimée... Plusieurs fois
mon confesseur m'a défendu de communier
parce que j'étais trop uniquement occupée et
remplie d'elle... Ce n'était pas sa faute... Ses
défauts mêmes, c'est moi qui en répondrai
devant Dieu... Je l'ai nourrie de l'idée qu'elle
était adorable, et elle l'était, mais il ne fallait
pas tant le lui dire... J'ai bien souffert par
elle. Ç'a été mon expiation... J'espère que je

ne lui laisserai pas un trop mauvais souvenir...
On oublie ce qui nous déplaisait chez les
morts, quand ils nous ont adorés... Qu'elle
tâche d'être humble... Qu'elle aime un peu
ses enfants... Pauline... la pauvre Marie-
Blanche... même cette petite Saint-Amant...
C'est triste de mourir si près d'elle... et si
loin !... » Elle répéta : « Si loin !... Ç'a été
comme cela toute ma vie... »

Elle mourut quelques heures après. Naturellement, je n'ai rapporté à Mme de Grignan
qu'une partie de ses derniers propos.

Elle a été inhumée précipitamment, par
crainte de la contagion. On n'a pas osé
déposer son cercueil dans le caveau de
l'église, mais on a ouvert, pour l'y placer, une
fosse qu'on a couverte de maçonnerie. Ainsi
cette femme si brillante, si spirituelle, si
bonne, a été enterrée comme une pesti-
férée.

Je me souviens qu'il y a quelques années,
le bon Corbinelli appelait Mme de Sévigné la

« Mère-la-Joie ». Hélas ! je crains fort qu'elle n'ait été surtout une mère de douleurs...

En marge de La Fontaine

La Fontaine

chez les Voleurs

I

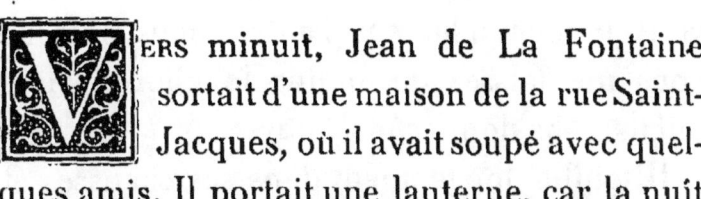ERS minuit, Jean de La Fontaine sortait d'une maison de la rue Saint-Jacques, où il avait soupé avec quelques amis. Il portait une lanterne, car la nuit était sombre, et la ville n'avait point encore de réverbères. Mais, comme il passait sur le pont Notre-Dame pour regagner son logis, un coup de vent souffla le lumignon, que Jean ne put rallumer, ayant oublié son briquet.

Il vit alors un homme qui marchait devant

lui en tenant à la main une chandelle de
résine, et dont une longue rapière relevait la
cape à l'espagnole. La Fontaine se mit à le
suivre pour profiter de l'éclairage. Mais, au
moment où ils arrivaient, l'un devant l'autre,
au tournant du quai, l'homme tira de sa poche
un éteignoir à cierges, avec quoi il éteignit
son oribus, se jeta au collet de La Fontaine, et
lui demanda poliment, mais avec fermeté, la
bourse ou la vie, « pour se payer, disait-il, de
la peine qu'il avait prise de le conduire. »

Monsieur, lui dit Jean, je préférerais ne
vous donner ni l'une ni l'autre ; mais, puisque
vous me laissez du moins le choix, j'aime
mieux vous donner ma bourse.

Il fouilla longuement dans ses chausses et
n'y trouva rien.

— Monsieur, reprit-il, cela est fâcheux, mais
j'ai oublié ma bourse, ainsi que vous pouvez
vous en rendre compte. Il ne me reste donc
à vous offrir que ma vie ; mais que ferez-vous
de la vie d'un pauvre poète ?

— Ah ! monsieur est poète ? dit le voleur d'un air d'intérêt.

— Ou du moins j'y tâche, répondit Jean. Mais je me suis aperçu, en explorant mes chausses, que j'avais oublié la clef de mon logis en même temps que ma bourse et mon briquet. Si bien que me voilà forcé de passer la nuit à la belle étoile ; ce qui n'est qu'une façon de parler, car je ne vois non plus d'étoiles au ciel que d'écus dans ma poche. A moins que je ne trouve quelque taverne encore ouverte à cette heure et où l'on me veuille bien faire crédit jusqu'à demain.

—Monsieur, dit le voleur, vous me paraissez civil et de bonne compagnie, et vous possédez, en outre, cette tranquillité d'âme qui est le propre du sage. C'est moi, si cela ne vous désoblige point, qui aurai l'honneur de vous offrir l'hospitalité dans ma modeste maison.

— Monsieur, dit La Fontaine, j'accepte avec reconnaissance.

Le voleur ralluma sa chandelle de résine.
Les deux hommes purent s'examiner à loisir,
et semblèrent satisfaits l'un de l'autre. Le
voleur, vêtu d'un pourpoint de satin noir,
emprunté sans doute à quelque riche bourgeois, d'un haut-de-chausses de drap du
Berry, et d'une roupille de serge, avait une
face martiale, mais sans dureté, et où la mous-
tache seule était terrible par l'exagération de
ses crocs. Et Jean de La Fontaine plut tout
de suite à son compagnon par son nez débon-
naire, son regard confiant et son costume
négligé, qui était vraiment d'un poète ou d'un
philosophe.

Ils s'engagèrent dans la rue Saint-Denis, et
devisèrent chemin faisant.

— Monsieur, dit le voleur, j'honore les
poètes. Et je suis poète moi-même à mes
moments perdus. J'ai commencé mes huma-
nités au collège de Navarre et je serais peut-
être, à l'heure qu'il est, régent de rhétorique,
si des infortunes imméritées ne m'avaient

contraint de chercher une autre profession.
Celle que j'exerce n'est pas des mieux famées ;
mais j'ennoblis du moins les loisirs qu'elle me
laisse en les consacrant au culte des Muses.
Je feuillette d'une main diurne et nocturne les
plus fameux de nos rimeurs : MM. de
Corneille, de L'Estoile, de La Serre, Hardy,
Théophile, Saint-Amand, Boyer, Chevalier,
Cotin, Ménage et Tristan. J'écris au hasard de
ma verve rondeaux, acrostiches, sonnets, épi-
thalames, odes et madrigaux. Mais je cultive
principalement le genre familier. Je fais des
chansons pour les colporteurs, et c'est moi
qui fournis le Savoyard et le Boiteux de tous
les refrains nouveaux avec quoi ils ont
triomphé dans les carrefours et dans les
meilleurs cabarets. Je crains d'abuser de la
complaisance d'un confrère qui n'a pas eu
tout d'abord à se louer de moi ; mais je ne
saurais cependant renoncer à l'avantage d'être
entendu par un juge aussi compétent que
vous me paraissez être, et, si vous me

permettiez de vous soumettre quelques fruits
de mes veilles...

— Monsieur, dit La Fontaine, je vous
écoute.

Le voleur, avec des gestes qui faisaient des-
siner à sa chandelle de résine de grands
paraphes lumineux, déclama une ode sur les
victoires du roi, puis la dernière chanson qu'il
avait composée pour le Savoyard, dans
laquelle étaient célébrés les mérites du tabac
et où l'on voyait le poète préférer sa pipe à
sa maîtresse.

— Monsieur, dit La Fontaine, l'ode est
sublime; mais la chanson me plaît davantage
par sa simplicité et son tour populaire.

— Monsieur, répondit le voleur, je crois
que vous en jugez comme il faut. Je suis
d'ailleurs d'un si bon naturel que je pardonne
à ceux qui n'admirent pas également tous mes
ouvrages et qui font un choix entre les pro-
duits de ma veine. Mais vous-même, Monsieur,
ne me ferez-vous pas l'honneur, je ne dis

point de soumettre à mon faible jugement,
mais de proposer à mon admiration quelques-
unes de vos rimes ?

— Monsieur, dit La Fontaine, après l'obli-
geance de votre procédé envers moi, je ne
vous saurais refuser une faveur si menue. Je
vous réciterai donc un morceau que j'achevai
ce matin même, et où j'ai essayé de mêler la
tendresse avec le badinage, car tel est mon
goût.

Et il récita, à voix presque basse, un petit
hymne à la Volupté, qui se terminait ainsi :

> Volupté, Volupté, qui fus jadis maîtresse
> Du plus bel esprit de la Grèce ..

— Épicure, sans doute ? interrompit le
voleur.

— Vous l'avez dit, Monsieur

Il continua :

> Ne me dédaigne pas, viens-t'en loger chez moi !
> Tu n'y seras pas sans emploi.

J'aime le jeu, l'amour, les livres, la musique,
La ville et la campagne, enfin tout : il n'est rien
        Qui ne me soit souverain bien,
Jusqu'au sombre plaisir d'un cœur mélancolique...

Le voleur demeura un instant silencieux et comme frappé de stupeur; ensuite il
fit claquer plusieurs fois sa langue ; puis,
ôtant son chapeau et s'inclinant jusqu'au
pavé :

— Monsieur, dit-il, ce sont là des vers, de
véritables vers, et tels que je ne me souviens
pas d'en avoir entendu. Ils paraissent éclos
sans plus d'efforts que les fleurs. Je connais
présentement que je ne suis qu'un écolier et
que vous êtes un maître. Croyez, Monsieur,
que je suis dorénavant tout à votre service.
Mais ne pourriez-vous me dire le nom de
l'homme merveilleux qui vient de me révéler, en quelque sorte, ce que c'est que la
poésie ?

— Jean de La Fontaine, Monsieur, pour
vous servir à mon tour. Mais je ne pense pas

que ce nom soit parvenu jusqu'à vous, car mes rimes n'ont point encore été imprimées. Et vous, Monsieur, répugneriez-vous à me confier le nom de l'honorable spadassin qui se montre si bon appréciateur des présents des Muses ?

— Monsieur, dit le voleur, je ne vous cacherai point qu'on m'appelle le capitaine Cascaret. Non que j'aie l'avantage d'être officier de Sa Majesté le roi ; mais j'ai cependant mes troupes, ainsi que vous l'allez voir.

II

Les deux hommes, en effet, ayant atteint la porte Saint-Denis, puis tourné à droite, s'arrêtèrent devant une maison assez grande, mais d'apparence minable, bâtie sur le rempart.

— C'est ici, dit Cascaret.

Ils entrèrent dans une grande salle, au

plafond bas et enfumé, mal éclairée par quelques chandelles, où des hommes attablés buvaient dans des pots d'étain et pétunaient dans de longues pipes de Hollande.

Tous se levèrent en voyant entrer Cascaret. Il leur présenta son compagnon en ces termes :

— Monsieur est un ami, ayez pour lui des égards.

Puis il avisa une table restée libre et invita La Fontaine à s'y asseoir près de lui. Une grosse servante leur apporta une bouteille et deux gobelets.

— Vous pouvez parler devant Monsieur, dit Cascaret à ses hommes.

Alors, à mesure qu'il les appelait : « Bondrille ! La Brèche ! La Boline ! Langevin ! Rustaud ! Brindestoc ! » ils vinrent l'un après l'autre, chapeau bas, lui rendre compte de leurs travaux de la soirée. Plusieurs lui remirent des bijoux de diverses sortes, colliers, anneaux, croix ou bracelets, et beaucoup d'or

et d'argent monnayé, parmi quoi il y avait des
pièces fort légères : mais le chef ne se mit pas
en peine de chercher un trébuchet, sachant
bien que ses commis, les ayant reçues sans
les regarder, n'étaient pas obligés de les lui
garantir trébuchantes. D'autres apportèrent
des manteaux, des chapeaux, des pièces d'é-
toffe, des ustensiles de cuisine et divers objets
d'utilité ou d'agrément, que Cascaret fit
mettre en tas dans un coin de la salle.

— C'est bon, Messieurs, dit-il enfin. On
vous fera demain la distribution. Vous pouvez
retourner boire.

Jean de La Fontaine avait considéré la
scène avec une bienveillante curiosité.

— Monsieur, dit-il à Cascaret, j'admire
que vous ayez su ordonner ainsi le désordre et
faire régner, parmi des gens à qui je ne fais
point tort en les supposant hors la loi, une
discipline et une obéissance que l'on rencontre
rarement même dans la société régulière.

— Monsieur, répondit Cascaret, je n'y ai,

je vous assure, aucune peine. Parce que j'ai
étudié et que je me pique d'aligner des rimes,
j'ai, parmi ces braves gens, le renom d'un
esprit hors de pair, et, à cause de cela, ils m'o-
béissent volontiers. Ils reconnaissent à leur
manière le doux empire des Muses. Et pourtant beaucoup sont plus habiles que moi, et
je ne saurais vous dire l'infinie variété des
stratagèmes qu'ils inventent. Celui-ci, qu'on
appelle Bondrille, et qui, l'année dernière
encore, s'escrimait contre les ondes avec une
épée de bois...

— Vous voulez dire qu'il ramait sur les
galères du roi ?

— Tel est, en effet, le sens de cette figure
de rhétorique. Bondrille, donc, est un des plus
adroits de la compagnie. Dans les marchés, il
contrefait le paysan ; on le voit au Palais vêtu
en procureur ; parmi les grands, il paraît
ajusté en gentilhomme. Dans tous ces lieux,
s'il trouve quelque chose qui lui convienne, il
y pose la main aussitôt que la vue. Celui-là,

Brindestoc, fournit ses compagnons de lames
d'épée qui lui reviennent fort bon marché; car,
entrant chez un fourbisseur avec un fourreau
vide à son côté, il glisse dans ce fourreau une
lame neuve pendant que le fourbisseur lui en
fait voir d'autres. Ce troisième, La Brèche,
n'est pas moins ingénieux. Lorsqu'il a visité
un logis en l'absence des habitants et qu'il y a
fait sa main, au lieu de fuir à toutes jambes, il
chemine modestement pendant quelques
minutes, puis revient sur ses pas et, s'il voit
des gens en quête du voleur, il va doucement
à leur rencontre, passe à côté d'eux et sauve
ainsi son butin. Ce quatrième, La Boline, met
quelquefois un cotillon par-dessus ses grègues,
une écharpe sur sa tête et un masque sur
son nez ; ainsi déguisé, il attaque en plein
jour le bourgeois dans la rue, et les passants
qui les voient en contestation, croyant que
c'est un mari et une femme qui ont ensemble
quelque différend, ne se mêlent point de leurs
affaires. Ou bien il pose, le soir, au coin d'une

rue, deux mannequins habillés, et, quand un
bourgeois se présente... Mais peut-être,
Monsieur, que je vous ennuie ?

Jean de La Fontaine s'était endormi. Il fut
réveillé par un bruit de dégringolade le long
d'un escalier de bois, qu'on voyait dans un
angle de la salle. C'était une troupe de
femmes, — Quentine, Parthénice, Amarante,
Silvie, Nanon, Gillette, Simonette et la
Gibouleuse, — qui descendaient de leurs
chambres, et furent se mêler aux buveurs.
Deux ou trois étaient assez jolies ; mais toutes
étaient grossièrement fardées et vêtues de
friperies, et plusieurs, sans doute à la suite de
quelque rixe, s'étaient appliqué sur le visage
des mouches aussi longues que des chenilles
pour servir d'emplâtre à leurs égratignures. A
leur entrée, une violente odeur de musc s'était
répandue dans le cabaret.

Cascaret, voyant La Fontaine réveillé, continua ses explications :

— Ces dames sont les compagnes de ces

messieurs et les aident à supporter une exis-
tence souvent pénible. Leur cœur est fidèle,
encore que ces messieurs ne leur défendent
point de faire part de leurs charmes, pour des
sommes modiques, aux étrangers qui d'aventure les en prient. Elles rendent à notre com-
munauté d'autres services. Elles entretiennent
notre garde-robe, et elles sont si habiles à dé-
guiser les hardes dérobées aux bourgeois, soit
en changeant les doublures et les boutons, soit
en tournant le collet à l'envers, que ceux à qui
ces hardes ont appartenu ne les pourraient
jamais reconnaître quand elles leur passe-
raient devant les yeux. Ces bonnes filles habi-
tent à l'étage au-dessus, sous la surveillance
de dame Angilberde, cette vénérable duègne
que vous voyez attablée là-bas avec ce gros
homme roux et taciturne.

— Cet homme, dit La Fontaine, offre aux
yeux une trogne horrifique à la fois et bonasse.
Tels je me représente les stupides géants Les-
trygons. Est-il aussi de votre troupe ?

— C'est un ami de la maison, un des aides du bourreau de Paris, et qui nous fait souvent l'honneur de venir boire en notre compagnie. Il est utile, dans notre métier, d'entretenir des relations courtoises avec les exécuteurs de haute justice, car telles gens peuvent sauver un homme condamné à la potence, en lui fourrant dans la gorge la douille d'un soufflet en guise de canule pour lui conserver la respiration. Ils peuvent encore mettre une tranche de lard sur l'épaule d'un patient avant d'y appliquer les armes du roi...

— Toutes choses à considérer, dit gravement Jean de La Fontaine, à qui les yeux papillotaient, et qui ne savait plus très clairement en quel lieu il se trouvait transporté.

— Il faut, reprit Cascaret, dans une profession aussi exposée que la nôtre, penser à tout et tirer parti de tout s'il se peut. Mais, Monsieur, j'ai encore d'autres ressources que mon modeste talent de poète et ce que les lois condamnent sous le nom de larcin. C'est à moi que

s'adressent les personnes qui ont à se venger
de quelque ennemi. Nous tenons bureau de
coups d'épée, de coups de nerfs de bœuf, de
bastonnades ou de simples nasardes, chaque
article étant tarifé au plus juste. Du reste,
nous n'allons jamais jusqu'au meurtre, car
nous avons de l'humanité et de la prudence.

Et Cascaret conclut avec une gracieuse
liberté d'esprit :

— Je vous ai développé, Monsieur, tout
mon petit gouvernement. Je l'administre avec
une équité qui ferait honte à plus d'un juge
du Châtelet et à plus d'un gouverneur de
province. Nous vivons à la façon des bohèmes
qui, sans acheter aucune chose, ont tout ce
qui leur est nécessaire ; nous sommes dans
Paris comme des loups dans une forêt : pour
ma part, toutefois, j'essaie de relever ma profession par l'espèce de vertu qu'elle peut encore
comporter, et en même temps je me sens
absous par les dangers qui sans cesse la me-
nacent et qui ne sont point de ceux dont il faut

rire. C'est le risque plus grand, c'est le risque
de mort, qui ennoblit le métier de larron et de
fille, comme le métier de monarque. Au surplus. j'ai l'honneur d'être libertin. J'ai eu jadis.
quelque teinture de la doctrine de M. Gassendi.
mais j'en ai poussé les conséquences plus loin
que n'osa faire ce galant homme. Cette philosophie convient à mon état, et mon état se
trouve justifié par cette philosophie. Ne le
pensez-vous pas, Monsieur ?

— Monsieur, tout, en effet, est relatif,
bégaya Jean de La Fontaine.

Il approuvait tout ; une ivresse indulgente
noyait ses yeux. Il souriait à Quentine et à
Simonette, qui peu à peu s'étaient approchées
et qui lui faisaient des agaceries.

— Monsieur, dit Cascaret, si l'une de ces
bonnes filles a l'heur de vous agréer... Sachez
que nous sommes fort au-dessus de la jalousie
vulgaire.

— Monsieur, dit Jean d'une voix empâtée,
comment reconnaître ?...

—Vous en avez, Monsieur, un moyen bien simple. C'est de vous faire mon maître en poésie et de condescendre à corriger mes vers (1).

III

Jean de La Fontaine passa trois journées charmantes dans la maison du capitaine. Il se levait tard, mangeait bien, buvait sec et s'amusait extrêmement des spectacles imprévus que lui donnait l'étrange compagnie. Pendant que les autres étaient dehors, il revoyait les vers de Cascaret, fit même pour lui la chanson de *Dupont et la Guimbarde* et *Dieu gard' de mal Lubin et sa loyale amante* ; conversait avec dame Angilberde, à qui il trouvait beaucoup de sagesse, et, le reste du temps, il dormait.

(1) Beaucoup de détails et même de phrases de ce chapitre sont empruntés à un petit livre de 1670 : *Le poète extravagant avec l'assemblée des filous et des filles de joye, nouvelle plaisante.* par Oudin de Préfontaine.

L'après-midi du quatrième jour, comme il
était seul dans la salle, somnolant parmi les
pots, un jeune robin entra, vêtu à la dernière
mode, petit chapeau, vaste perruque blonde,
petit pourpoint, grand collet et grandes
manches, avec de larges canons et une abondance de petite oie qui le faisaient ressembler
à un pigeon pattu. Le galant s'avança vers La
Fontaine et lui dit :

— Le capitaine Cascaret, sans doute ?

Jean inclina le menton, non pour tromper
le visiteur, mais parce que, dans l'état d'a-
gréable torpeur où il était, l'effort de parler
ou seulement de remuer la tête en signe de
dénégation lui eût semblé trop rude.

Alors le jeune robin expliqua qu'il avait
recours aux bons offices de l'illustre capitaine
Cascaret pour se venger d'un seigneur qui lui
avait soufflé sa maîtresse. Il s'agissait de
bâtonner son rival, puis de le défigurer par
quelque estafilade. On le rencontrerait tel jour,
à telle heure, en tel lieu et sortant de telle

maison. « D'ailleurs, ajouta le robin, je serai
là tout proche, et je vous le désignerai moi-
même, à vous ou à vos lieutenants. Et je
paierai ce qu'il faudra. »

Jean de La Fontaine, que ce discours avait
à demi réveillé, répondit simplement :

— Monsieur, ce que vous demandez est
fort vilain. Je n'en ferai rien, je vous assure.

Le jeune bourgeois aurait eu bonne envie
de se fâcher, s'il n'avait réfléchi aux dangers
d'une querelle avec un homme d'épée aussi
réputé que le capitaine Cascaret. Il se contint,
allégua qu'il n'avait jamais été dans les acadé-
mies, sans quoi il ne s'en fût remis à nul autre
du soin de châtier son rival ; qu'il n'enten-
dait, du reste, lui faire appliquer que des coups
fort légers, humiliants et non point douloureux ; qu'il adorait sa maîtresse, et qu'il était
désespéré de l'avoir perdue ; enfin, qu'il
donnerait à Cascaret jusqu'à cinquante écus
s'il consentait à se faire le vengeur d'une

flamme injustement méprisée. Sur quoi, il
laissa échapper quelques larmes.

— Mon enfant, dit Jean de La Fontaine
touché, je compatis à votre chagrin ; mais,
quand vous m'offririez les trésors de Golconde, je refuserais de faire ce que vous at-
tendiez de moi. Mon naturel répugne à la
violence, et principalement dans les choses de
l'amour...

— S'il le faut, dit le jeune homme, j'irai
jusqu'à soixante écus.

Mais Jean continua sans l'entendre :

— Votre dessein, outre qu'il marque peu
de bravoure et peu de loyauté, me paraît fort
déraisonnable. J'ai quelquefois aimé sans être
aimé moi-même. Je me refugiais alors dans
le vin, dans le sommeil ou dans un autre
amour. Faites comme moi, mon cher enfant.
On ne force point les cœurs. Je n'ai pas l'honneur de connaître votre maîtresse ; mais je
suis sûr qu'en vous préférant un autre amant,
cette charmante fille a cédé à un mouvement

irrésistible. Si elle aime vraiment votre rival,
elle me paraît non seulement excusable, mais
intéressante, et vous devez même la louer de
sa sincérité. Que si elle l'a préféré parce qu'il
est homme de cour, ou à cause de ses grands
biens, dites-vous qu'elle n'est qu'une personne
vaniteuse ou intéressée et qu'elle ne vous
méritait pas. Les raisons de nous consoler ne
nous manquent jamais si nous savons nous y
prendre. Au surplus, vous êtes jeune, bien
fait, galamment habillé, et j'ai vu que vous
aviez de l'esprit; vous ne pouvez donc manquer
de faire impression sur quelque autre belle
personne, qui vous dédommagera du mauvais
procédé de votre infidèle. Et ne dites point
que vous êtes à jamais incapable de vous
éprendre d'un nouvel objet. Les belles personnes, mon enfant, nous apportent toutes à
peu près le même plaisir, qui est vif, mais
court ; c'est notre imagination qui l'embellit,
le rend plus fin et plus délicat, le diversifie,
l'agrandit par l'attente et par le souvenir...

Un garçon fait comme vous trouve peu de cruelles, ou, s'il en trouve, les consolatrices ne sont pas loin... Allez, allez, mon enfant... plus un mot... laissez-moi... j'ai beaucoup à travailler aujourd'hui.

Et il poussa affectueusement vers la porte le jeune bourgeois stupéfait d'avoir rencontré chez un spadassin tant de douceur et de désintéressement, ravi d'ailleurs de ses dernières paroles et, pour le reste. à peu près consolé.

Mais, comme Jean de La Fontaine regagnait son banc, il heurta Cascaret qui l'attendait les bras croisés :

— Monsieur, dit froidement le capitaine, j'étais au haut de l'escalier et j'ai entendu toute votre conversation. Je vous croyais mon ami, et vous venez de me faire perdre soixante écus.

— Monsieur, répondit La Fontaine, je vais les chercher et je vous les apporte.

Et il sortit, après un grand salut.

IV

Il rentra chez lui tout d'un trait, prit soixante écus dans sa cassette qui, par grand hasard, était assez garnie, et se dirigea vers la maison de Cascaret. Mais il rencontra en chemin un ami qui le mena souper, puis à la comédie.

Le lendemain, il dormit tard, puis fut rêver dans la forêt de Boulogne.

Le jour suivant, il prit le coche pour Reims où il passa deux semaines chez son ami Maucroix.

Et ainsi de suite...

Mais, trois mois environ après sa rencontre avec Cascaret, il entra chez le digne capitaine :

— Monsieur, voici les soixante écus que je vous ai promis il y a quelques jours.

– Je ne vous attendais plus, Monsieur, dit sèchement Cascaret.

— Avez-vous donc cru, Monsieur, que je consentisse à vous faire tort ?

Alors Cascaret, cessant de feindre :

— Et vous, avez-vous cru, Monsieur, ou plutôt mon maître et mon ami, que je doutasse de votre parole ? Et croyez-vous, à présent, que j'aie le cœur assez bas pour accepter ces misérables écus ? Il est vrai que vous m'en frustrâtes, mais ce fut par un de ces mouvements débonnaires et gracieux dont je voudrais que l'élégance me fût quelquefois permise. Au reste, ne vous ai-je pas aussi frustré, en quelque manière, des vers divins que vous avez daigné, çà et là, semer dans mes humbles chansons ? Et j'aurais l'âme assez ravalée pour admettre dans mon escarcelle avare cet argent qui, sans doute, est le prix de vos doctes veilles ? Non, non, de par tous les diables ! Mais, si vous le voulez bien, nous l'allons manger et boire en compagnie de ces gens simples et de ces bonnes créatures.

Toute la maison fit fête à Jean de La Fon-

taine. Il ne la quitta que le surlendemain,
embrassé et caressé de tous, et sur la promesse
d'y revenir souvent.

Il y revint quelquefois.

En marge des fables

de Fénelon

Le Journal du duc

de Bourgogne

ON sait que Fénelon, précepteur du duc de Bourgogne de 1689 à 1695, écrivit pour son jeune élève des fables et des contes. Il lui donnait ces petits morceaux pour sujets de thème, « mais toujours selon les besoins du moment, tantôt pour lui faire sentir une faute qu'il venait de commettre, tantôt pour lui insinuer une vertu opposée à quelqu'un de ses défauts. » (*Œuvres de Fénelon*, édition Lebel, 1823, tome XIX, avertissement de l'éditeur.)

Or un érudit vient de retrouver aux archives, égaré parmi des pièces diplomatiques de la fin du dix-septième siècle, un cahier où le duc de Bourgogne notait ses réflexions sur les fables que lui avait dictées son ingénieux précepteur. L'écriture est enfantine, mais assez ferme. L'orthographe est parfois fantasque, et nous n'avons pas cru devoir la conserver.

Voici quelques fragments de ce cahier :

.*.
* *

Janvier 1690.

J'eus avant-hier une indigestion pour avoir trop mangé de crème à la frangipane. Pour me corriger de ma gourmandise, M. l'abbé de Fénelon m'a dicté ce matin une fable intitulée *Voyage dans l'île des Plaisirs*. C'est le récit d'un voyageur qui, pour avoir fait trop bonne chère dans une île merveilleuse, s'en

dégoûte enfin et revient à la sobriété. Je ferai
comme lui, mais seulemént après que j'aurai
passé quelque temps dans cette île où je voudrais bien aller. J'en relis la description avec
délices. On y voit des montagnes de compote,
des roches de sucre candi et de caramel et
des rivières de sirops ; si bien que les habitants lèchent tous les chemins et sucent leurs
doigts après les avoir trempés dans les fleuves.
On y voit des grands arbres d'où tombent des
gaufres que le vent emporte dans la bouche
des voyageurs, si peu qu'elle soit ouverte.
Plus loin, ce sont des mines de jambon, de
saucisson et de ragouts poivrés, et des ruisseaux de sauce à l'oignon. La rosée du matin
est de vin blanc, semblable au vin grec ou à
celui de Saint-Laurent.

Mais il y a, dans cette fable, un passage
dont je ne me lasse point : « A peine fus-je
dans mon lit que j'entendis un grand bruit ;
j'eus peur et demandai du secours. On me
dit que c'était la terre qui s'entr'ouvrait

ainsi toutes les nuits, à une certaine heure,
pour vomir, avec grand effort, des ruisseaux
bouillants de chocolat mousseux. »

Peu s'en faut qu'à relire ces phrases je ne
bave de plaisir. Ah! monsieur l'abbé, votre
fable justifie d'avance mes indigestions!

.*.

Avril 1691.

Il paraît que je suis « d'un orgueil intrai-
table ». C'est ainsi que s'exprimait l'autre jour
M. de Fénelon en parlant à mon gouverneur,
M. de Beauvilliers. A cause de cela, M. l'abbé
affecte de me peindre la royauté, que je dois
exercer un jour, comme le plus pénible de
tous les états. Depuis trois jours il me dicte
des contes où l'on voit qu'il n'y a personne
d'aussi heureux que les bergers et les bergères, et où toutes les reines sont vieilles,
ridées, boiteuses, chassieuses, avec des yeux

bordés de rouge et du poil gris au menton.
Mais je sais bien que ce n'est pas vrai.

La reine ma grand'mère n'était pas comme
la reine Gronipote. Je me souviens très bien
d'elle, car j'avais six ans quand elle mourut.
Elle avait le teint très beau. M. de Meaux
lui-même le dit dans l'oraison funèbre qu'il
en a faite et que j'ai parmi mes livres. Il y
parle de « cette éclatante blancheur, sym-
bole de son innocence ».

A ce propos, je me rappelle une conversation où quelqu'un faisait un mérite à M. de
Meaux d'avoir osé dire devant les saints autels que ma grand'mère était blanche de peau.
Mais M. l'abbé de Fénelon jugeait « indé-
cent » que M. de Meaux eût introduit un
détail de cette sorte dans un discours sacré.
Il est vrai que M. l'abbé déteste M. de
Meaux.

.•.

Avril 1691.

Dans la dictée d'aujourd'hui, qui était l'*Histoire de Florise,* il y avait : « Gronipote enleva un jour un billet que Florise écrivait au roi, et le donna à un jeune homme de la cour, qu'elle obligea d'aller porter ce billet au roi, comme si Florise lui avait témoigné toute l'amitié qu'elle ne devait avoir que pour le roi seul. » Je n'ai pu m'empêcher de sourire en écrivant cela. M. l'abbé m'a demandé pourquoi je souriais. Je n'ai pas répondu. Je ne pouvais pas lui dire : « Je sais bien qu'amitié est ici pour amour, et que Gronipote voulait faire croire que Florise était la maîtresse du jeune seigneur et qu'il était son amant. » Mais il me croit trop ignorant, M. l'abbé.

..*

Mai 1692.

La dictée de ce matin est l'*Histoire d'Alfaronte et de Clariphile.* L'exemple d'Alfaronte prouve, paraît-il, que le don de se rendre invisible par le moyen d'un anneau est nécessairement funeste. Pourquoi? Le roi Alfaronte tue injustement sa femme parce que, s'étant fait invisible, il l'a surprise en train d'embrasser un jeune officier dont une fée avait pris la figure. Mais il aurait pu n'être pas invisible et surprendre tout de même sa femme avec l'officier. Cette histoire ne me semble donc pas très démonstrative.

Je crois comprendre ce que j'ai entendu dire à quelqu'un chez le roi, « que M. l'abbé de Fénelon a peu d'exactitude dans l'esprit ».

*
* *

Septembre 1693.

Il y a quelques jours, en récitant une page de Virgile, j'ai fait plusieurs vers faux, et M. l'abbé s'est moqué de moi. Je lui ai dit : « Monsieur, vous pouvez me reprendre, mais non vous moquer. Il y a de certaines per-

sonnes dont on ne se moque pas. » Il a con-
tinué de ricaner ; là-dessus, je me suis mis
en colère et lui ai jeté mon Virgile à la figure.
Il l'a dit à mon gouverneur, M de Beauvilliers, qui m'a lui-même donné le fouet.

En souvenir de cet événement, M. l'abbé
m'a dicté ce matin *Le jeune Bacchus et le
Faune*. Le morceau est fort joli, il le faut
avouer. Le voici en abrégé : — Le jeune
Bacchus, dans un bocage, chante des vers et
fait des fautes en les chantant. Un jeune faune
les marque avec des rires. A la fin, Bacchus
lui dit, d'un ton fier et impatient : « Comment
oses-tu te moquer du fils de Jupiter ? » Et le
faune répond : « Hé ! comment le fils de
Jupiter ose-t-il faire quelque faute ? »

Mais, si M. l'abbé croit m'humilier par là,
il se trompe. Il reconnaît que je suis « fils de
Jupiter », et c'est tout ce que je voulais.

Mais j'y songe : si, dans cette fable, je suis
le jeune Bacchus, M. l'abbé est donc le faune?
Ou plutôt, non ; la fable commence par ces

mots : « Un jour le jeune Bacchus, que Silène instruisait... » M. l'abbé est donc Silène? Cette idée me paraît la plus divertissante du monde.

*
* *

Février 1692.

L'*Histoire de Rosimond et de Braminte* est un peu longue et languissante. La morale est : « Oh ! qu'il est dangereux de pouvoir plus que les autres hommes! » Oui, mais cela doit être très agréable. Et qu'importe que ce soit dangereux ?

*
* *

Juin 1693.

Aujourd'hui, M. l'abbé m'a dicté l'*Anneau de Gygès*. Il s'y trouve une magnifique description des jardins de Crésus : « Quand le roi se promenait dans ses jardins, les jardiniers avaient l'art de faire naître les plus

belles fleurs sous ses pas. Souvent on chan-
geait, pour lui faire une agréable surprise, la
décoration des jardins, comme on change une
décoration de scène. On transportait promp-
tement, par de grandes machines, les arbres
avec leurs racines et on en apportait d'autres
tout entiers ; en sorte que chaque matin le
roi en se levant trouvait ses jardins renou-
velés. Un jour, c'étaient des grenadiers, des
oliviers, des myrtes, des orangers et une forêt
de citronniers. Un autre jour, un désert avec
des pins et des grands chênes. Un autre jour,
des prés tout émaillés de violettes, au travers
desquels couraient de petits ruisseaux, et des
saules, des peupliers, des ormes, des tilleuls
plantés sans art et qui faisaient une aimable
irrégularité. » Etc...

C'est beau de forcer ainsi la nature. Quand
je serai roi, j'aurai des jardins comme ceux
de Crésus.

*
* *

Mai 1694.

Je fis dernièrement une bonne version, et presque sans fautes, d'un morceau des *Géorgiques*. Pour m'en récompenser, l'abbé m'a dicté, ce matin, une fable où il raconte l'arrivée de Virgile aux Champs Elysées, et que tous les autres poètes, Orphée, Homère, Hésiode, sont jaloux de lui, que cependant ils sont obligés de reconnaître la beauté de ses vers, et qu'enfin Hésiode lui dit pour l'ennuyer : « O Virgile, tu as fait des vers plus durables que l'airain ; mais je te prédis qu'un jour on verra un enfant qui les traduira et qui partagera avec toi la gloire d'avoir chanté les abeilles. »

Je ne puis me le dissimuler : cet enfant extraordinaire, c'est moi. Oui, je partage la gloire de Virgile, au point de lui porter ombrage. Il me semble que M. l'abbé va un peu loin. Trop est trop. Et lui qui ne cesse de me mettre en garde contre le poison de la flatterie !

* * *

Septembre 1694.

C'est encore moi, dans *le Rossignol et la Fauvette,* « ce jeune berger ou ce dieu inconnu qui vient orner le bocage ». C'est moi que célèbrent Philomèle et sa compagne. C'est pour m'écouter que « les Satyres et les Faunes dressent leurs oreilles aiguës » ; et c'est pour m'admirer que « toutes les Dryades sortent du sein des arbres verts ».

* * *

Octobre 1694.

Et Lycon, c'est encore moi! Le *Départ de Lycon,* c'est mon départ de Versailles. Parce que je rentre à Paris, les bergers, dans leur

douleur, brisent leurs chalumeaux, les nym-
phes se lamentent, et, pour les consoler, Flore
et Pomone leur assurent que je reviendrai
bientôt.

Mais pourquoi M. l'abbé est-il si aimable
pour moi depuis quelque temps? Je crois le
savoir.

Il y a une petite société formée des Beauvilliers, des Chevreuse et de Mme de Maintenon. Mme de Maintenon dîne au moins une
fois la semaine à l'un ou à l'autre hôtel, en
cinquième entre les deux sœurs et les deux
maris, avec la clochette sur la table pour
n'avoir point de valets autour d'eux et causer
sans contrainte. M. le duc de Saint-Simon
appelle cela « le sanctuaire » ou « la petite
église ». M. l'abbé de Fénelon brûlait d'y
être admis. Or, la dernière fois que M. de
Beauvilliers me conduisit chez le roi mon
grand-père, Mme de Maintenon était là, qui
me fit beaucoup de caresses. Je n'aime pas
beaucoup la Scarron, comme on l'appelle.

Cela m'ennuie qu'elle ait succédé à ma grand'-
mère. Et puis, qu'est-ce qu'une femme qui est
la femme du roi sans être reine ? Mais, j'ai
intérêt à ne pas lui déplaire, à cause du crédit qu'elle a sur l'esprit de M. l'abbé. Au
reste, j'avais mon dessein. Lors donc qu'elle
me parla de mon précepteur, je me répandis
en éloges sur son compte et j'ajoutai qu'il
avait pour elle une estime singulière. Elle en
parut ravie. Quelques jours après M. l'abbé
était invité chez M. de Beauvilliers avec
Mme de Maintenon. Il en a été fort content. Et
la Scarron lui a sûrement raconté en quels
termes j'avais parlé de lui, car c'est depuis
ce jour-là qu'il me gâte.

* *
*

Novembre 1694.

J'ai fort goûté l'histoire que M. de Fénelon
m'a dictée aujourd'hui. Ce sont les amours

du berger Cléobule et de la nymphe Phidile.
Les expressions en sont si douces et si tendres
qu'elles glissent dans le cœur un je ne sais
quoi qui chatouille agréablement et qui cependant donne envie de pleurer. J'en suis
demeuré, toute la journée, aussi rêveur que
le berger Cléobule.

J'ai rencontré plusieurs fois dans l'entou-
rage de M. de Chevreuse une fille de qualité
dont je ne veux pas écrire le nom. Elle ressemble tout à fait, par le caractère, à la bergère Phidile. Je cherchais en vain le moyen
de lui faire connaître mes sentiments. Mais
maintenant je sais bien ce que je vais faire..
Je copierai, dans le conte d'aujourd'hui, le
portrait de Phidile, et je le ferai tenir secrètement à celle que j'adore.

Le voici, ce portrait : « Le berger ne pensait qu'à la bergère Phidile, simple, naïve,
sans aucune parure, à qui la fortune ne donna
jamais d'éclat emprunté, et que les Grâces,
seules avaient ornée et embellie de leurs

propres mains... Elle seule ignorait sa beauté.
Toutes les autres bergères en étaient jalouses.
Le berger l'aimait et n'osait le lui dire . »

Je soulignerai cette dernière phrase. Je
signerai, simplement; et j'espère que mon
idole comprendra. Et ainsi M. l'abbé m'aura
servi, sans le savoir, dans mon premier
amour, qui sera d'ailleurs le seul, car il
durera autant que ma vie.

*
* *

Décembre 1694.

Je crois que M. l'abbé m'aime véritablement. Je lui rends les armes. Je me repens
des moqueries que j'ai pu faire de lui. Tout
le monde reconnaît qu'il est un des plus
beaux esprits de ce temps, ce qui ne l'em-
pêche point d'avoir la mine et toutes les façons d'un grand seigneur.

Sa douceur et sa patience sont incroyables.
On dit qu'il désire plaire; mais comme il y
réussit! Puis, il parle si bien de l'amour de

Dieu! Avec lui, la piété paraît quelque chose de délicieux et de facile.

Mais surtout il m'aime tant, que je suis résolu à faire désormais tout ce qu'il voudra...

(*Cetera desunt.*)

En marge de Saint-Simon

Fille de roi

 ’ÉTAIT au temps où le roi, jeune et de gros tempérament, était encore moins délicat sur l'amour qu'il ne le fut depuis. Dans une partie de chasse, il s'abrita d'un orage chez le jardinier d'un petit château, aux environs de Marly. La fille du jardinier était avenante; le roi était pressé; elle céda par respect. L'aventure eut des suites : une petite fille qui vint au monde neuf mois après, et qu'on appela Louise tout court et sans déclarer aucun père ni mère.

A quelque temps de là, la mère mourut. Le jardinier éleva l'enfant, par des secours

que lui remettait Bontemps, le premier valet
de chambre du roi, avec menaces de la prison s'il laissait échapper quelque chose. Mais
quand le bonhomme mourut, il révéla tout à
Louise, qui avait alors dix-huit ans, et qui
était assez courte, mais d'un nez prodigieux,
et ressemblait au roi en caricature.

La pauvre fille se fût volontiers enflée d'une
telle naissance. Mais Bontemps lui parla à
l'oreille, et elle vécut dès lors dans le silence,
d'une petite pension qu'on lui servait, fort
retirée, et à la fois dans le tremblement de
laisser éventer son secret et crevant de ne le
pouvoir crier.

Mais, lorsqu'elle approcha de trente ans,
elle fit de si grandes plaintes sur sa solitude,
que Bontemps, qui avait pitié d'elle et qui
aussi voulait l'amuser afin qu'elle se résignât
mieux, lui dit que le roi lui trouverait un
mari. Ce fut un La Queue, seigneur du lieu
dont il portait le nom, gentilhomme fort
simple et assez médiocrement accommodé.

La fille, qui avait fondé de grandes espérances
sur la discrétion qu'elle avait gardée et sur
ce que Bontemps lui avait dit qu'elle ne s'en
repentirait pas, trouva le parti un peu mince
pour une fille de roi. Mais elle finit par accepter, ne pouvant faire autrement et parce
que Bontemps lui assura que le roi ne man-
querait pas de pousser son gendre.   .

Il en usa pareillement avec La Queue, par
des mots coulés à l'oreille sur la naissance
de la fille, qui firent qu'il s'en promit une
fortune. De fait, La Queue fut nommé peu
après capitaine de cavalerie et mestre de
camp par commission. Mais cela ne le mena
pas plus loin. Ce gendre du roi ne paraissait
que rarement à la cour, et comme le plus
simple officier et le plus perdu dans la foule,
dont il était trop timide pour se tirer. d'ailleurs tout hébété par les conseils de prudence
et, à l'occasion, par les menaces enveloppées
de Bloin, qui avait succédé à Bontemps dans
sa charge.

Cependant Mme de La Queue cuvait, dans son village, le secret de sa grandeur, jouissant de son banc à l'église et de l'encensement du curé, et des révérences de Madame la baillive et de Madame l'élue. Elle exigeait chez soi, et même de son mari, de grands respects, avait déguisé une vachère en fille de chambre et un gardeur d'oies en petit laquais, se piquait de belles manières, et faisait tout juste le personnage que Molière avait prêté à la comtesse d'Escarbagnas. Et dans les conversations et les visites, par des gestes, des sous-entendus, des clins d'yeux mystérieux, et sa curiosité des nouvelles de la cour et certaines façons d'en juger comme une personne qui a là-dessus des lumières innées et que le sort injuste n'a pas mise à sa place, et son exagération de culte et de tendresse pour le roi, son affectation d'en mettre partout le portrait et celui des princesses et d'en faire remarquer la ressemblance avec sa propre figure, et mille autres singeries de la sorte,

elle signifiait qu'elle en dirait plus long si
elle le voulait bien. Et comme on ne soup-
çonnait point son secret, auquel du reste on
n'eût pas cru, elle passait pour extravagante
et de timbre un peu brouillé.

En même temps, comme rien ne venait à
La Queue depuis sa nomination de capitaine,
elle se mit à envier cruellement ses sœurs
reconnues et si grandement mariées. Elle se
déchaîna particulièrement contre Mlle de
Blois lorsque celle-ci devint duchesse de
Chartres; elle se réjouit hautement du soufflet
que le duc reçut de Madame à cette occasion,
et elle parlait avec scandale des espiégleries
des princesses, et des pétarades qu'elles tirè-
rent une nuit sous les fenêtres de Monsieur:
toutes choses qu'elle savait par La Queue,
qui les tenait d'un cent-suisses de Courten-
vaux.

Elle s'emporta si loin, dans sa rage de ne
pouvoir faire connaître qui elle était, que Bloin
dut l'avertir de se taire. Mais cela n'adoucit

point son humeur. Elle reprochait amèrement
à son mari de ne point avancer ; lui, de son
côté, se plaignait qu'elle lui nuisît par l'incon-
sidération de ses propos, et chacun accusait
l'autre de l'avoir pris pour dupe. Tant que
La Queue n'y vit enfin d'autre remède que la
battre, cependant qu'elle lui criait que c'était
une abomination à un gentilhomme campa-
gnard de porter la main sur une fille de France
et qu'elle demanderait justice au roi, son
père.

Elle dit à Bloin, qui venait lui-même régulièrement lui apporter sa pension, qu'elle
voulait voir le roi. Bloin l'amusa d'abord de
vagues promesses, puis lui fit entendre que
cela était impossible, et, comme elle ne se
rendait point, il lui fit entrevoir le couvent.
Alors elle ne dit rien et feignit de se résigner,
mais elle avait son projet.

Elle avait de La Queue deux enfants : le
dernier à peine sevré. Un jour de Marly, elle
se posta de bonne heure, son plus jeune

enfant sur les bras, au bord de la route où
devait passer le carrosse du roi. Quand le carrosse approcha, elle sut se couler entre les
gardes à cheval et s'arrêta au milieu de la
route en criant : « Sire, justice ! » Mais le roi
ne vit même pas cette apparition d'une folle
qui lui ressemblait de visage, avec un profil
qu'on eût dit détaché des monnaies royales.
On la voulut entraîner; elle se débattit et,
dans ce désordre, laissa tomber l'enfant, sur
qui passèrent les roues du carrosse. Tout cela
fut à peine remarqué dans le tintamarre des
voitures et de la cavalerie. On ne dit rien de
l'aventure au roi, qui ne sut point qu'il avait
écrasé son petit-fils.

Mme de La Queue rentra chez elle, le corps
de son enfant sous son manteau. Elle était
désespérée. Mais elle fit des réflexions, et
bientôt elle donna dans la dévotion, en bonne
entente désormais avec son mari, et dans la
retraite la plus exacte, sans jamais plus rien
réclamer; confite en spiritualité, et d'ailleurs

aumônière au delà de ses moyens. Elle vécut
encore vingt ans dans son village, sans en être
jamais sortie, excepté le jour où elle avait
attendu le roi sur la route de Marly.

M. de Beauvilliers, qui connaît le curé de
La Queue, m'a dit qu'il tenait de ce bonhomme que Mme de La Queue était morte
dans des sentiments de piété extraordinaires
et que, selon ce qu'il démêlait, la pauvre
femme avait eu dans la pensée d'expier les
péchés du roi par ses bonnes œuvres et ses
saintes pratiques et par son silence et sa modestie, dans ses dernières années, sur le secret
de sa naissance; jusqu'à dire elle-même
qu'elle avait été folle et qu'elle n'était que la
fille d'un garçon jardinier.

Son autre enfant est demeuré dans l'obscurité. Quant à La Queue, il fut tué à l'affaire
de Hochstedt.

Une retraite

... Mais il leur échappa encore, et
sa vie dégénéra en un haut et bas
de haute dévotion et de mollesse et
de liberté qui se succédèrent par
quartiers...

(Saint-Simon, **IV**, 283.)

A LA suite de quelques ennuis d'argent,
M. de Tréville, considérant la vanité des choses de ce monde et que,
seul, notre salut nous importe, se retira, pour
la troisième fois, chez ses amis de Port-
Royal.

Il logea au petit hôtel de Longueville. Le
premier jour, il assista aux offices, qui étaient

célébrés à Port-Royal avec une exactitude et une gravité particulières ; et, le reste du temps, il médita dans sa chambre.

Le silence de cette solitude, où tant d'âmes saintes avaient prié, apaisait son esprit et ses sens. Puis il jouissait de se sentir libre, loin de la ville, plus loin encore de la cour ; et il n'était pas fâché de demeurer chez des gens mal vus du roi, de ce roi qu'il connaissait trop pour avoir été jadis son compagnon de jeunesse.

Le deuxième jour, il conversa avec les solitaires survivants, MM. Lancelot, Nicole, Lenain de Tillemont, et goûta d'abord de grandes consolations dans leur entretien. Leur accent de certitude lui raffermissait l'âme. Mais, vers le soir, sans cesser de les juger vénérables, il les trouva vieillis et monotones, et qui semblaient désormais répéter machinalement des choses qu'ils avaient dites trop de fois. M. Arnauld était absent, dont il regretta la verve et l'humeur brusque.

Il lui sembla que la nouvelle abbesse,
Mme Elisabeth de Sainte-Anne, était une
bonne femme sans saveur. Où était la Mère
Agnès ? Où les deux Angéliques ?... Toutefois,
il fit réflexion qu'il n'était pas venu chercher
à Port-Royal une compagnie agréable, mais
un refuge pour l'oraison et les saintes pratiques, et qu'au surplus il avait vieilli, lui aussi,
et n'était plus le Tréville à qui l'on trouvait
autant d'esprit qu'à M. Pascal.

Le troisième jour, il visita le cimetière, et
s'arrêta sur les tombes des personnes qu'il
avait le plus aimées. Il revit en pensée, sar-
clant ses plates-bandes et arrosant ses légumes, le mystérieux jardinier du monastère,
ce gentilhomme anglais qui se faisait appeler
M. François, et qui, jadis, avait raconté à
Tréville son histoire, plus tragique que celle
des héros de M. Racine. Il se ressouvint longuement de son innocent ami, M. Hamon, le
médecin, qui allait sur son âne, de village en
village, tenant un livre à la main ; qui avait

à un si haut point le don de la spiritualité
et le sens des emblèmes ; qui croyait qu'il n'y
a de vrai que ce qu'on ne voit pas, qui écrivit sur le *Cantique des Cantiques* quatre
volumes de commentaires subtils et fleuris,
et qui marcha à travers le monde comme à
travers une forêt enchantée.

M. de Tréville s'agenouilla plus longtemps
encore sur la tombe de cette délicieuse Mère
Angélique de Saint-Jean, si passionnée et si
inquiète, et pour qui il avait eu un sentiment
mêlé d'autant de sympathie et de curiosité
profanes qu'en pouvait éprouver un honnête
homme pour une aussi sainte religieuse.

Le quatrième jour, il prit, dans la bibliothèque du monastère, la relation manuscrite
où la Mère Angélique de Saint-Jean, enlevée
de Port-Royal des Champs et enfermée chez
les Annonciades de Paris, avait raconté son
agonie spirituelle. Il lut ces phrases émou-
vantes : « Mon esprit n'était pas assez humi-
lié, car je n'étais occupée que de la gloire qu'il

y avait à souffrir pour la vérité... J'appris ce
que c'est que le désespoir et par où l'on y
va... J'étais au hasard de laisser éteindre ma
lampe... C'était comme une espèce de doute
de toutes les choses de la foi et de la Provi
dence... »

Il se rappela la pâleur de la Mère Angélique de Saint-Jean, son grand nez, ses yeux
ardents, sa facilité aux larmes, et le talent
qu'elle avait de façonner de petites figures de
cire. Il se mit à l'aimer, morte, un peu autrement qu'il ne l'avait aimée vivante. Il se
demanda malgré lui ce qu'elle aurait été
dans le siècle. Et, en même temps, il chercha et entrevit, pour son compte, la possibilité
d'unir en lui, sans compromettre son salut,
la foi aveuglément acceptée en souvenir des
grandes âmes à qui elle servit d'aliment et
de support, le libre raisonnement sur ce
monde d'apparences, et le goût pour les plaisirs qu'on peut tirer des choses passagères.

Le cinquième jour, le courrier lui apporta

un petit livre qui venait de paraître : les
Maximes et Réflexions sur la Comédie, par
M. de Meaux. M. de Tréville le parcourut.
La doctrine en était austère et le style excellent. Il approuva l'une et fut charmé de l'autre.
Mais, peu à peu, les spectacles que M. de
Meaux décrivait pour les condamner se pré-
sentèrent à l'esprit de M. de Tréville sous des
couleurs trop charmantes, surtout quand il
en vint à ce passage sur les comédiennes :
« ... Qui ne les regarde pas comme des esclaves
exposées, en qui la pudeur est éteinte, quand
ce ne serait que par tant de regards qu'elles
attirent, elles que leur sexe avait consacrées
à la modestie ?... Et voilà qu'elles s'étalent
elles-mêmes en plein théâtre avec tout l'atti-
rail de la vanité, comme ces Sirènes, dont
parle Isaïe, qui font leur demeure dans les
temples de la volupté ; dont les regards
sont mortels, et qui reçoivent de tous côtés,
par les applaudissements qu'on leur renvoie,
le poison qu'elles répandent par leur chant. »

A cet endroit de sa lecture, M. de Tréville se souvint des aimables comédiennes où il avait fréquenté dans sa jeunesse : Mlle du Parc, Mlle Champmeslé, Mlle Molière. Il s'en souvint plus qu'il n'aurait dû, et sans cette honte qui eût été convenable à un chrétien véritablement touché de ses anciennes erreurs.

Le sixième jour, il se promena dans les bois et le long de l'étang. Il songea que M. Racine, enfant, s'y était promené autrefois. Quelques vers d'amour lui revinrent en mémoire. Il se figura sans colère l'enveloppe terrestre de ces Hermione et de ces Phèdre, à qui avait manqué pour être vertueuses, non « le pouvoir prochain », mais sans doute la « grâce efficace ». Et il se dit en souriant qu'elles avaient eu du moins la grâce tout court, *venustas*...

On était en automne. Le soleil déclinait. La beauté de la lumière, les reflets de l'eau et les teintes des feuillages faisaient sur M. de Tréville des impressions à la fois tristes et

douces. Il songea que lui aussi touchait à
son automne, car il avait passé la cinquan-
taine. Il pensa à la vieillesse et à la mort.
Máis, tandis que l'idée de la mort, lorsqu'il
vivait dans le monde, l'incitait à la dévotion
et à la retraite, cette même idée, se levant
dans son esprit au milieu de la solitude, lui
donna un vif désir de retourner au siècle.

Le septième jour, M. de Tréville com-
manda son carrosse, rentra à Paris, et se fit
arrêter devant la porte de sa vieille amie
Mlle Anne de Lenclos, qui avait beaucoup vu,
et avec qui il aimait causer nonchalamment
de choses et d'autres...

En marge des

proclamations

du général Bonaparte

Histoire d'une
Merveilleuse

Fragments du Journal
de Mme Clélie-Éponine Dupon
(1795-179.....)

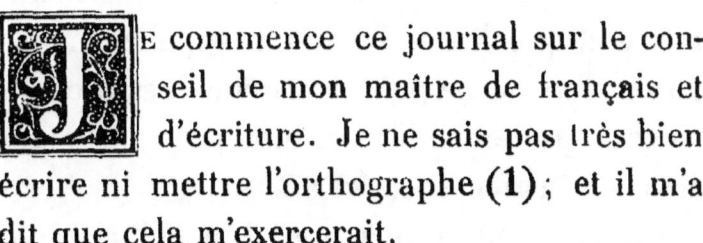

E commence ce journal sur le conseil de mon maître de français et
d'écriture. Je ne sais pas très bien
écrire ni mettre l'orthographe (1); et il m'a
dit que cela m'exercerait.

Je suis née en 1778. Mon père était un
petit épicier de la rue ci-devant Saint-Jacques

(1) L'éditeur a rétabli l'orthographe.

J'appris à lire, rien de plus, dans une école du quartier. Mon père, en haine de la superstition, ne voulut point que je fisse ma première communion ni que j'apprisse le catéchisme. Je m'appelais alors Marie-Jeanne : il changea ces noms en ceux de Clélie-Éponine.

Comme il était intelligent et fort avant dans les idées nouvelles, il s'éleva, et devint, par de hautes protections, fournisseur des armées. Il paraît que cela rapporte beaucoup. Et, depuis thermidor, il a encore augmenté sa fortune par des spéculations que je n'entends guère et que les malveillants appellent agiotage. Mais je ne puis croire que ces moyens soient répréhensibles, car mon père parle sans cesse de justice et de vertu.

Lorsque j'eus quinze ans, il me maria civilement au citoyen Tibérius Dupont, qui était membre du Tribunal révolutionnaire. Mon mari ne m'a jamais inspiré qu'un sentiment, la peur, quoiqu'il s'efforçât d'être

doux avec moi et qu'il s'attendrît souvent
jusqu'aux larmes en me lisant *Paul et Virginie*
ou les idylles de Gessner.

Je sus lui cacher ma joie au 9 thermidor. Un
mois après, il fut guillotiné avec quelques-uns
de ses collègues. Il paraît qu'il mourut avec
fermeté. J'avoue que je n'eus pas un grand
chagrin de sa mort. C'est qu'il m'était presque
aussi étranger et inintelligible que s'il avait
appartenu à une autre planète.

Depuis, je me suis retirée chez mon père,
où je vis avec la liberté d'une veuve. Tout ce
passé de terreur et de sang me fait l'effet
d'un mauvais rêve. Parfois, il m'en revient à
la mémoire des visions subites : une tête
coupée, promenée sous mes fenêtres ; la rencontre d'une charrette de condamnés ; ou
encore certaine flaque rougeâtre que je dus
contourner, un jour, place de la Révolution...
Et alors, je ne connais plus qu'une envie,
c'est de vivre, de vivre follement et de toutes
les forces de ma jeunesse...

*
* *

Beaucoup pensent comme moi. Jamais, je crois, on ne s'est autant diverti. Jamais, surtout, on n'a autant dansé. Il y a dans Paris 6!0) bals publics, pour toutes les bourses, et toujours pleins.

On danse dans de ci-devant couvents et de ci-devant églises. On danse rue de Vaugirard, dans la maison des ci-devant Carmes-Déchaux, où l'on fit les massacres de Septembre. On danse dans l'ancien cimetière de Saint-Sulpice; et, sur la porte sculptée, au-dessus d'une inscription en latin qui signifie que ceux qui dorment là attendent la résurrection, un transparent rose annonce le *Bal des Zéphirs*.

On danse sur les morts; mais on n'y songe que pour mieux jouir de la minute qui passe...

Les émigrés rentrent en foule. Ils sont aussi gais que nous.

Par la protection de Mme Tallien, dont j'ai l'honneur d'être un peu l'amie, je suis

allée faubourg Saint-Germain, au « bal des
victimes », qui est un bal très choisi, où ne
viennent que les personnes qui ont eu quelque
parent guillotiné. Il est vrai que mon mari
ne le fut point pour la bonne cause ; mais je
me gardai de révéler ce détail ; « Dupont »
est d'ailleurs un nom assez répandu pour
n'être point dénonciateur; et, enfin, ma figure,
qu'on dit passable, arrangea tout.

La tenue exigée dans le bal est le grand
deuil. Les femmes y portent la « coiffure à
la victime », les cheveux relevés sur la nuque
par un peigne, comme pour être plus facile-
ment empoignés par le bourreau. Quelques-
unes amplifient leurs perruques par les
chevelures, jadis achetées aux geôliers, de
jeunes blondins guillotinés. La règle est de
s'aborder en se saluant « à la victime », avec
un mouvement de tête qui imite celui du
condamné engageant son cou dans la lunette.
Oh ! oui, nous sommes gais !

Les parents de beaucoup de ceux qui

étaient là avaient dû être envoyés à l'échafaud
par mon mari. Mais je ne m'en vantai
point.

J'entendis un muscadin en deuil dire à un
polichinelle noir : « Ah ! Polichinelle, ils ont
tué mon père ! » — « Ils ont tué votre
père ? » dit le polichinelle, et il tira son
mouchoir de sa poche. Mais le désolé jeune
homme s'était remis à danser en fredon-
nant.

**
* *

On mange aussi beaucoup. Dans les
soirées on prend ce qu'on appelle « le thé » ;
mais c'est un thé substantiel, un thé avec
dindes aux truffes, rosbif saignant et toutes
sortes de spiritueux.

Et, cependant, la mode, chez les femmes,
est de passer pour de petites mangeuses,
d'avoir des vapeurs et des syncopes. Elles
se gavent, mais elles veulent être pâles, et il
y en a qui, pour ne point paraître se trop

bien porter, se font saigner régulièrement.

Afin de sembler plus languissants, nous avons, dans notre parler, supprimé l'*r* à l'imitation du divin Garat. Nous avons ajouté à cela le zézaiement. On donne sa *pa'ole d'honneu'* ; on dit : *mo't aux té-o-istes* ! et l'on parle des *sarmes* d'une belle et de son *vizaze anzélique*. Bref, nous gazouillons comme de petits oiseaux.

Mais, d'autre part, comme nous avons le culte du corps et que, au surplus, il faut à nos *incroyables* des muscles solides pour les risques continuels de la rue et pour la chasse aux Jacobins, la mode est aux Hercules et aux Milons de Crotone. Le beau monde va au jeu de barres du bois de Boulogne, aux courses à pied de Monceau, aux courses à cheval de Bagatelle, aux jeux gymniques de l'hôtel d'Orsay, qui reproduisent les jeux des Celtes, des Grecs et des Romains.

Nous sommes tous devenus cochers. Moi-même, bottée et faisant claquer mon fouet,

je conduis mon bockei à Longchamp, ce qui
n'est pas commode, car c'est une terrible
bousculade de cabriolets, phaétons, vis-à-vis,
carricks, demi-fortunes et soufflets, qui sont
nos nouvelles voitures.

*
* *

Je soupçonne cette société de n'être pas
très cohérente. Quoique je ne sache pas
grand'chose, je la sens ignorante et grossière.
A l'Opéra, vous voyez des femmes charmantes, d'une élégance merveilleuse : mais,
si elles ouvrent la bouche, tout est perdu.
Vous entendez des *Pardi !* des *Y a gros !* et
Sacristi ! que c'est bien dansé ! ou *Il fait un
chaud du diable ici !*

Si l'on danse éperdument et si l'on se crève
de mangeaille, c'est peut-être qu'on ne sait
pas parler et que la conversation est un art
aboli.

*
* *

Mettrai-je aujourd'hui ma perruque à

l'espagnole, ma perruque à la Vénus, ou à
l'Aspasie, ou à la Caracalla ?

Mettrai-je mon bonnet à la paysanne, mon
bonnet à la frivole, ou mon bonnet à la
Délie ?

Mettrai-je ma robe à la Flore, ou à la
Cérès, ou à la Diane, ou à la Vestale, ou au
lever de l'Aurore ? Qu'importe ? toutes sont
également transparentes. L'autre jour, à la fin
d'un souper chez le directeur Barras, une
femme de mes amies paria que tout son
costume, bagues des mains et des pieds et
cothurnes compris, pesait moins de deux
écus de six livres ; et, se déshabillant séance
tenante, elle gagna son pari...

.   *_**

Rarement a-t-on mieux obéi qu'aujourd'hui
aux lois de la nature. Chacun fait ce qu'il
veut, et nul n'y trouve à redire. On suit libre-
ment les mouvements de sa sensibilité. Les
mœurs ont fort allégé le joug du mariage ;

mais, du mariage lui-même, on se passe de plus en plus.

C'est le règne du plaisir ; et le plaisir n'est-il pas le premier de nos droits ? Mais le plus grand plaisir, c'est l'amour. D'où vient donc que, depuis que je suis veuve, je n'ai point pris d'amant ? De beaux jeunes gens m'ont fait la cour, et l'étreinte impérieuse de certains bras, pendant la valse, n'a pas laissé de m'être agréable. Mais quand il s'agissait de conclure, je ne pouvais Pourtant nul préjugé gothique ne me retient. Qu'est-ce donc ?...

*
* *

J'ai fait, à Tivoli, la rencontre d'un officier de l'armée d'Italie, un de ces guerriers libérateurs des peuples, qui ont accompli tant d'exploits sous la conduite du général Bonaparte. Colonel à trente ans, ce favori de Mars n'a point les ridicules affectations de nos muscadins. Il ne zézaye pas ; il ne supprime

pas les *r :* il les ferait plutôt rouler un peu.
Libre, comme moi, de vains préjugés, il ne
croit qu'à l'honneur et à la patrie. Celui-là
est un homme. J'ai été ravie de sentir ce
héros presque timide devant moi. Il y avait,
dans les compliments qu'il m'a faits, une
sincérité et un respect dont j'ai été vivement
touchée.

Je l'ai revu au Théâtre de la République,
où l'on jouait *Quintus Fabius ou la discipline
romaine.* Le sublime de cette tragédie l'en-
thousiasmait. Je n'osais lui dire qu'elle m'ennuyait un peu, quoiqu'elle soit évidemment
fort belle.

Je l'ai rencontré une troisième fois au bal
de l'hôtel de Longueville. Je m'étais mise en
frais pour lui plaire. La mode est en ce
moment, chez les « merveilleuses », de ne
point mettre de chemise sous la robe (parce
que la chemise dépasse la taille, s'arrange
gauchement, et qu'un *juste* bien fait perd de
sa grâce par les plis maladroits de ce vête-

ment antique). Je suivis cette mode nouvelle et j'en attendais un grand succès. Je l'obtins, mais non auprès du colonel. Il parut maussade et contraint, et m'évita toute la soirée.

Je me demandai pourquoi, et je crus avoir compris.

***

Quelques jours après, je le rencontrai chez Mme Tallien. J'avais une tout autre toilette qu'à l'hôtel de Longueville. Outre que j'avais remis ma chemise, j'avais couvert une partie au moins de ma gorge et de mes bras et fortifié d'un jupon la gaze légère de ma robe. Le colonel me montra l'empressement le plus tendre.

L'amour m'avait appris la pudeur ; et la pudeur m'avait donné de nouveaux charmes aux yeux du héros dont je suis aimée...

En sortant de la fête, au petit jour, je vis des espèces de fantômes grelottants qui, à deux genoux dans les ordures, disputaient

aux chiens quelques os mal rongés. Sous les
roues d'un char doré, un homme tomba
d'épuisement au travers de la rue. Il avait
quelque chose entre les dents ; on me dit
que c'était de l'herbe broutée sur les places
publiques.

Je donnai à ces infortunés tout l'or que
j'avais sur moi, et j'eus honte, un moment,
d'être riche, d'être belle, et de ne vivre que
pour le plaisir...

* *
*

Au petit Coblentz, qui est une partie du
boulevard des Italiens, où se donne rendez-
vous la société aristocratique et antirépu-
blicaine, j'ai fait la connaissance d'une
émigrée, la marquise de X... Elle était
venue là en simple curieuse, car elle est
très sensée et très bonne, et n'a point rapporté de l'exil le sot orgueil ni les préjugés
vaniteux de beaucoup d'autres émigrés.

Elle m'a témoigné très vite une vive

affection. Elle aime, dit-elle, mon ingénuité
et ma candeur. Et je ne me fâche point
qu'elle me parle ainsi, car je sens qu'elle
m'est bien supérieure par l'esprit et l'éducation.

Elle m'a présentée chez Mᵐᵉ Récamier.
C'est là que j'ai connu· clairement quelles
devaient être la grâce et la politesse de l'ancienne société, et tout ce qui nous manque
à nous, les nouveaux venus...

Nous fûmes, la marquise et moi, voir
Abufar, drame touchant et d'une nouveauté
hardie. Mais, plus que de Talma ou de
Mˡˡᵉ Georges, j'étais occupée de Mᵐᵉ Tallien
qui trônait, divinement belle, dans une
avant-scène. Je demandai à la marquise son
opinion sur cette dame célèbre. Elle me
répondit :

« Je ne la hais point. Il faut pardonner
beaucoup à Notre-Dame de Thermidor. Du
fond de sa prison des Carmes, elle a frappé
Robespierre et tué la Terreur. La Terreur a

été vaincue, non point directement par la
pitié, la charité ou la vertu indignée, mais
par la nature, par le désir de vivre. Or,
c'est Mme Tallien qui a été l'héroïne de cette
victoire. Elle est la volupté libératrice. Son
rôle impur fut, à son heure et par compa-
raison, bienfaisant... Mais cela a peut-être
assez duré... Dites-moi, ma mignonne,
n'êtes-vous pas quelquefois lasse de vous
tant amuser ? »

Je fus forcée d'en convenir.

*   *
*

J'ai engagé ma foi au colonel Aubert. Cet
acte m'a conduite à des réflexions Le
colonel doit partir pour l'Égypte presque
aussitôt après notre mariage. Je veux, en son
absence, lui garder ma foi, et je sens que, si
j'y manquais, je serais coupable. D'où vient
cela ? Car enfin la nature ne m'impose pas
la fidélité. C'est donc que j'ai en moi un
témoin et un juge de mes actions...

Ce juge invisible, il n'en faut point douter, c'est l'Être suprême, le Dieu bon et rémunérateur.

*
* *

Je fus, l'autre jour, rue Saint-Denis, au temple des Théophilanthropes. Des fleurs et des fruits sur les autels ; des cantiques où l'on invoque la Divinité ; des exhortations à la vertu récitées par des lecteurs en tuniques bleues dans une chaire à draperie aurore, tels sont l'appareil et les rites simples et touchants de la nouvelle religion. Je suis sortie de là fort émue ..

*
* *

J'ai été obligée de venir passer avec mon père quelques jours à notre maison des champs. J'écris à mon ami, et je fais ici le brouillon de ma lettre, afin qu'elle soit plus soignée :

« ... Ce matin, j'errais dans le jardin, j'en-

tendais les joyeuses chansons des fauvettes ;
les bourgeons s'épanouissaient, je respirais un
air doux. Ah ! me suis-je écriée, déjà l'amant
de la nature s'avance ; déjà je ressens sa
délicieuse influence ; tout mon sang se porte
vers mon cœur, qui bat plus violemment
à l'approche du printemps. Tout s'éveille,
tout s'anime ; le désir naît, parcourt la nature
et effleure tous les êtres de son aile légère ;
tous sont atteints, tous le suivent, il leur ouvre
la route du plaisir, tous se précipitent... Ah !
mon cœur paisible et pur, s'il gémit quelquefois, ce n'est pas crainte de trop aimer (1)!... »

Je m'arrête ; car je crois maintenant que
je pourrai très bien continuer ma lettre sans
brouillon...

*
* *

J'ai fait hier confidence à la marquise de

(1) Lettre citée par les Goncourt dans leur livre sur le
Directoire.

mon engagement avec le colonel Aubert, et elle m'en a fort approuvée.

Aujourd'hui, me voyant triste, elle m'a dit : « J'ai peur, ma chère enfant, que la religion de M. Laréveillère-Lépeaux ne contente pas entièrement votre cœur. J'ai pour ami et pour guide un vieux prêtre très bon, très éprouvé par la vie, qui comprendrait sans peine votre état d'esprit et qui ne vous effrayerait point... Voulez-vous le voir ?... »

J'ai répondu que je voulais bien...

*
* *

J'ai demandé à la marquise ce qu'elle pensait du général Bonaparte.

Elle m'a dit : « La société présente est, dans son fond, un chaos et, dans son air, une saturnale. Il est certain que ce carnaval, qui cache du reste de si horribles souffrances, ne saurait durer. Le général Bonaparte a sur son front le signe du génie : il est sans doute envoyé de Dieu pour rétablir d'abord l'ordre

dans l'État, puis l'ordre dans les âmes. En
attendant, servir le général Bonaparte est déjà
une règle de vie ; et c'est pour cela que le
colonel Aubert vous paraît si supérieur aux
futiles jeunes hommes que vous avez rencon-
trés auparavant… ».

J'ai été contente d'entendre ces paroles,
non seulement parce que j'y trouvais l'éloge
de mon ami, mais parce que, comme toutes
les femmes, j'adore le général Bonaparte…

(La suite du manuscrit a été perdue.)

Table des Matières

Paris. — Société française d'imprimerie et de librairie.